極秘出産するはずが、獣な御曹司に激しく愛され離してもらえません

m a r m a l a d e b u n k o

木登

マーマレード文庫

目次

極秘出産するはずが、獣な御曹司に激しく愛され離してもらえません

極秘出産するはずが、獣な御曹司に激しく愛され離してもらえません

プロローグ

俺は断じて変態ではない。

むしろ、そんな言葉は自分には関係ないと思いながら生きてきた。

他人が変態なのはどうでもいい。人様に迷惑をかけない範囲でなら、性癖というものを勝手に楽しめばいいと思っている。

『変態』という言葉を調べてみると、ふたつの意味が出てくる。

ひとつは、形や形状を変えること。例えばサナギが蝶に変わるさまを、完全変態と呼ぶらしい。

もうひとつは、変態性欲。性行動が病的なさま、倒錯しているさまをいう。

なにをもってノーマル、アブノーマルと線引きするかはわからないけれど、俺はずっとノーマル側の人間だと疑いもしなかった。

先日、月野木《つきのき》まち、という人間に出会った。

まちは付き合っていた男に浮気をされた。男の相手が俺の婚約者候補だったため、四人での話し合いの場が勝手に設けられた。

勝手に婚約破棄すればいいものを、わざわざ集めて話し合いとは一体なにがしたかったのだろう。

お互いに結婚する気なんて、さらさらないのに。

まさかこちらにも落ち度があるなんて言い出すんじゃないかと考え、そんなバカな話はあるかと苛立ちを抱えながらホテルへ出向いた。

結局ふたりはその場には現れず、俺はあることに気づき、それを確かめたくてまちを必死に誘って抱いた。

一生に一度だけ。今夜だけだと思っていたのに。

あの瞬間から俺は、自分から発露したある性癖に喜んで振り回されることになる。

一章

なにかを捨てるときには、多少なりとも罪悪感をともなうものだ。

いつか流行った洋服、何年も使ってくたくたになった鞄、ずしりと重い皿や、しまいっぱなしだったマグカップ。

もらったときや、買ったときの思い出。使用時に感じていたこと、使わなくなったきっかけ。

そういうものを振りきって捨てることもあれば、もうちょっと考えようなんて手を止めることもある。

じゃあ、恋人は？

恋人をあっさりと捨てようとしている彼はいま、私に少しでも罪悪感を持っているのだろうか。

【四人で会って話がしたい。おれたちのことをわかって欲しい。彼女の婚約者にもお前にも、ちゃんと話がしたい】

そう彼からトークアプリへメッセージが届いたのは、風が肌寒く感じ始めた、秋の深まる夜だった。

お風呂上がり。冷蔵庫から取り出した缶ビールをひとくち口に含んだところだったので、思わず「はあ?」と声を出して、ビールが口の端から流れてしまった。

濡れた髪を拭くために首にかけていたタオルで、ぐいっと口元を拭う。

改めてスマートフォンを見ても、その文面はそのまま画面の中にきっちりと収まっている。

文章のあとに、嘘《うそ》だとも、冗談だとも、ない。

エイプリルフールは四月で終わってしまったし、これから迎えるハロウィンのいたずらにしてはたちが悪い。

私はそれを、ただ見つめる。

これは、どういうことだろう。

止まりかけていた思考が、またゆっくりと動き出す。

思い返せば彼の顔を最後に見たのは、じめっとした空気がまとわりつく、六月の梅雨の最中だった。

私の部屋に連絡もなくふらりと夜中にやってきて、ベランダでタバコをふかしながら暗い中でスマホをずっといじっていた。

あれから三ヶ月半、気がつけば会っていなかった。

付き合い始めて二年。うちのデザイン事務所にライターを生業としている彼が取材をしにやってきたのが縁で知り合い、なんとなく飲みに行くようになって、なんとなく付き合い始めた。

情熱的な告白も、改まったデートもしたことがなかった。

時間に不規則なフリーライターの彼と、定時なんてあってないような内装デザイナーの私。

手料理も掃除も癒しも求めてこないぶん、私からも彼に恋人らしいことを望んだことはなかったかもしれない。

好きだったのかも。だけど考えれば、一緒にいて楽な人というのが、私が彼に持つ一番近い感情だった。

二十七歳の私よりふたつ年上で調子が良くて、だけどどこか飄々《ひょうひょう》としていて、掴《つか》みどころのない人。

将来の話もしなければ、過去の話もあまりしない。のらりくらりとかわされて、そのうちに聞きたいという気持ちもなくなってしまった。

彼は、そういう人間だと思っていた。

だけど心の奥、私が知らないところでは密かに熱く燃える恋をする情熱があったらしい。

「……わかって欲しいって、暴慢にもほどがあるでしょ」

浮気しておいて、私になにをわかって欲しいと言っているんだろう。

スマホに表示された無機質な文面の、明日への希望や浮かれた様子に吐き気がする。

禁断の恋に、少なくとも彼は完全に盛り上がっているのが文面からじわりと滲《にじ》み出ていた。

わかって欲しいなんてのは、一体どちらが言い出したことなんだろう。

なにもかも許されて新たにスタートできたら。

そりゃ、後ろめたいことから解放されたら、明るい未来を想像せずにはいられないんだろうな。

彼女は婚約者までいたのに。婚約破棄するつもりなんだ。

どういう気持ちか直接聞こうと思い、繰り返し電話をかけてみたけれど一向に出る気配はない。

勝手に決めた話し合いとやらの日まで、逃げるつもりなのかも。

すっかり飲む気がなくなり、ぬるくなってしまったビールをシンクに流す。

濡れたままの髪は冷たくなって肩を冷やし始めていた。

涙は出ない。

だけど心は泥の中に沈んでいくように息苦しい。

私は彼を浮気相手から取り返したいのか、肝心なことなのにわからない。

そのくらいに私も彼に対して熱を持てなくなっていたのかと思ったら、悪くないはずなのに同罪だと思われているようで、さらに気分は暗くなる。

ふと、私の前で涙を堪える妹の姿を思い出してしまった。

『お姉ちゃん、お願いします。昂《こう》くんを、私にください』

――あの子は、ひとりで私と向き合ったのに。

胸の奥にいつまでも開いたままの真っ黒な穴の底から、ぴゅうっと冷たい風が吹いた気がした。

大安吉日、しかも土曜日。

わざわざ調べた訳ではないと思うけれど、話し合いの日はそんな日に一方的に設けられていた。

場所は都内の、大使館が建ち並ぶ一角にそびえ立つ、日本を代表する高級ホテル。サービスも一流、食事も最高。要人が来日した際には常宿としても使われると有名だ。

そのホテルのラウンジで彼の名前を伝えれば、席まで案内してくれる、と数日前に送られてきた一方的なメッセージには書いてあった。

あの夜の翌日にも、何度か電話をかけてみたけれど、結局一度も繋《つな》がることはなかった。

【四人で会う前に、一度ふたりで話がしたい】

そうメッセージを送っても、既読がついたまま返信がくることはなかった。

まるで私ひとりだけ必死になっているようで、それが情けなくてメッセージを送るのはやめてしまった。

だから彼から待ち合わせ場所を記したメッセージが送られてきても、返信をする気になれず、目を通しただけで放置した。

だけど、元彼はきっと、私がこういうことを無視できない性格なのを理解しているだろうから……悔しい。

少なくとも、いままで私は彼がこういった高級ホテルに出入りしているという話は聞いたことがない。

もしかしたら取材で来たことがあるのかと思ったけれど、こういった場にわざわざ選ぶとも思えなかった。

なら、と考える。この場所に決めたのは『彼女』の可能性が高い。一体、何者なのだろう。

待ち合わせは十七時。天気は朝からの大雨だ。

人で賑《にぎ》わう電車を降り、駅前で列をなして客を待つタクシーに乗り込む。ホテルの名前を告げると、運転手さんは気持ちのいい返事をくれたあとにメーターを入れた。

走る車の窓を雨粒が強く叩《たた》く。フロントガラスで忙しなく動くワイパーの隙間から、雨でけぶる灰色の世界が見えた。

ふと視線を落とすとパンプスの先が濡れて色が濃くなっていたのが気になって、身を屈めてそっと指先で撫《な》でる。

この話し合いに『行かない』という選択肢も私にはあった。

こちらの都合も聞かない一方的な約束に、行かないという選択でふたりに答えることもできたと思う。

付き合っていられない。もう勝手にすればいい。

そう何度も考えながらも、こうしてホテルへ向かっているのは、約束事を無視できない元来の性格と多少の女の意地だ。

浮気した彼をかばうつもりはないし、取り返すつもりもないと私の中で結論が出ている。

別れ話もひとりでできない奴の顔を最後に見てやろう。

いつも適当なことばっかり言って、約束も半分くらいしか守れなくて、たまに私から借金して。

数万円借りたあとに、こっそり私の財布からさらに小銭を抜いてはタバコを買ってふかしていた。

おんなじ顔で、一体彼女とのどんな愛を語るのだろう。

なんとも例えようがない複雑な気持ちの私を乗せたタクシーは、ホテルの正面玄関へ静かに滑り込んだ。

ドアマンが笑顔で出迎えてくれる。軽く会釈をしたあと、静かに深呼吸をした。

重厚でモダンな雰囲気が美しいエントランス。その先には広々としたロビーが見える。天井はぐんと高く開放感があり、中央に飾られた季節の花々で作られた見上げるほどの大きな装花が、訪れる人を迎えてくれる。

ふわりと微かに漂うアロマの香りは、不快なほど脈打ち始める心臓を慰めてくれた。

宿泊客かラウンジの利用客か、見かけるどの人も豊かな気品にあふれ、こちらも自然に背筋が伸びる。

ドレスコードを意識して、品のいいシックなワンピースを選んだ。場の雰囲気に呑《の》まれないように、気持ちで負けないように、上質なものを選んで良かった。

クロークへ傘を預ける。足音のひとつも立たない、みっちりとした絨毯《じゅうたん》を踏みしめるたびに非日常を肌で感じる。

こんな素敵な空間で、いまから痴情がもつれた話し合いをしなくちゃなんて、地獄だろ。なんて、思わず口が悪くなってしまう。

素敵なホテルが、伏魔殿に思える。

一階にあるラウンジの場所は迷わずにわかった。ちらりと腕時計を見ると、指定された時間の十分前。

「……大丈夫、私はなんともない。話し合いが終わったら、奮発して美味しいもの買って帰ろう」

誰にも聞こえないような微かな声で、自分に言い聞かせる。

大丈夫。情はあったかもだけど……愛はもうなかったでしょう？

自然の流れで、遅かれ早かれきっと私たちはこうなっていたんだから。

深く傷つくな、まち。ダメージなんてない。未練なんてないって、笑え。泣きそうになったら、貸したお金だけは返してねって彼女の前で言ってやれ。

鼻の奥がツンと痛くなる。足元が現実感を失ってふわふわし始める。

「……カツサンド、すきやき弁当、フルーツサンド」

全てが終わったら、買って帰って好きなだけ食べよう。テーブルに全部並べて、行儀悪く好きなところから好きなだけつまみながら全部食べちゃえ。

「……駅の立ち食い蕎麦屋《そばや》で、あったかい蕎麦をアテにしてビールもいいかも」

忙しなく行き交う人を背中に感じながら、ネギや七味を好きなだけのせた熱いお出汁をすすりたい。

だから、うん。私は平気だ。

彼らの勝手な言い分は右から左へ流してしまえ。ひと言の欠片も心に残さずに置いていこう。

ラウンジへ踏み込むと、出入口に控えていたスタッフがすぐに声をかけてくれた。

「いらっしゃいませ」

白シャツにベスト、パンツスタイルの制服。ベストの襟元には、ホテルのシンボルマークを模したバッジがきらりと光る。

「今日、こちらで待ち合わせをしているのですが。名前は長瀬《ながせ》、と言えば伝わると言われて……」

彼の名字を告げると、スタッフはすぐに微笑んだ。

「お連れさまがいらしています。ご案内いたします」

どうぞ、と歩き出したあとについていく。

もう来てたんだ。

軽く握った手のひらの中は、汗でじっとりしてきていた。

どく、どく、と自分の心臓を耳元に押しつけられているみたいに鼓動が強く響く。

間隔を空けながら設置されたゆったりとしたソファー席では、それぞれのグループが談笑やビジネスの話をしている。

整えられた中庭が見える窓際の席まで案内されたけれど、私の頭の上には疑問符がいくつも浮かんだ。

『お連れさま』と呼ばれる人物は、私の姿を確認するとソファーから立ち上がった。

浮かんだ疑問符が頭に突き刺さるほどの衝撃を受ける。

「……ごめんなさい、席、間違えてませんか？」

すがるようにスタッフに声をかけると、返事は頭の上から降ってきた。

「いえ、ここで合っています。長瀬さんの関係者の方ですよね？」

その男性がそのとき、『恋人』と呼ばなかったのは、スタッフがいたのと、これから始まる別れ話のせいか。

「は、はい」

そう答えると、やり取りを見ていたスタッフはほっとした表情を浮かべ、一礼して戻っていった。

案内のお礼を言いそびれてしまったことを申し訳なく思いつつ、男性と向き合う。

「あの、このたびは……」

と言って、あとに続く言葉を探したけれど、うまくこの状況に合った言葉が見つからない。

なにも考えずに、浮かんだ言葉を迂闊《うかつ》に口にするんじゃなかった。

「……ご愁傷さま？」

男性が、静かなトーンで言葉を返してきた。

ご愁傷さま。相手を気の毒に思う言葉。

この人も私も、今日は気の毒に思われる側としてこの伏魔殿にやってきたんだ。

だけど、私がしっかり彼を捕まえていなかったのが悪いと思われていそうだ。

笑いもしなければ、怒りも表情には出ていない。人を寄せつけない狼《おおかみ》みたいな雰囲気。男性の顔からは、なんの感情も読み取れなかった。

「冗談ですよ、どうぞ」と、向かいの席をすすめられる。

三人が腰かけても、まだ余裕がありそうな対のソファー。テーブルを挟んで、男性と改めて向かい合った。

世の中は、まだまだ未知であふれている。その謎を解明するために我々はジャングルの奥地へ……なんてネットでよく見るフレーズが頭の中で流れ始める。

この人が、彼女から捨てられるの？

代理人でなく、本人が来ちゃってるよ？

目の前のこの人、知ってる。

岸旺太郎《きしおうたろう》だ。

キリッとした太眉に、思わず視線を奪われるほど彫りが深い瞳。タレ目なのがセクシーで、色気があふれている。

なのに狼みたいな、誰も寄せつけない凛《りん》とした眼差しをしている。

艶のある黒髪にすっと通った鼻筋、形のいい唇。高身長でバランスのいい体躯《たいく》。

ほど良くついた筋肉が生地に余計な皺《しわ》を作らず、とても綺麗《きれい》にスーツを着こなしている。

モデル、芸能人と並んでも遜色ない美貌の持ち主。顔面国宝、無形文化財レベル。チェックする癖がすっかり身に染みついてしまった経済誌で、この顔と名前を見かけたことが何度もある。誌面ではいつもクールな表情をしていて、笑っている顔など一度も見たことがない。

この人のお爺《じい》さまには、何度か私の実家で会ったことがあった。

旧華族・岸一族。華族制度が廃止になったあとも、うなるほどの富と人脈で起業し、いまでは日本を代表する化粧品メーカー『寿珠花《すずか》』として揺るぎない地位を経済界に築いている岸グループ。

お爺さまは現役の会長で、孫の彼は副社長だ。

確か、歳は私のふたつか三つ上くらいだったはず。だからいま、二十九歳か三十歳か。

「こういう場合も、一応挨拶はしたほうがいいんですかね」

声をかけられて、はっとする。思わず顔を見過ぎてしまっていた。

「す、すみません。失礼しました」

「いえ、見られることには慣れてますから」

ですよね～、と心の中で呟《つぶや》く。

男性がスーツの内ポケットから美しい飴色《あめいろ》になった革の名刺ケースを取り出し、開いたので、慌てて止めた。

「な、名前だけにしませんか。こんな話し合いですし、きっともうお互いに会うこともないでしょう」

なるたけ冷静な表情を作って言ったつもりだけど、焦ったのが声色に出てしまった。

まずい、非常にまずい。

こんな理由でこの人とここで顔を合わせたことが、実家の家業に迷惑をかける事態にでも発展したら。

実家と一方的に縁を切ったとはいえ、実害を出したい訳じゃないんだ。

もう会うこともない、という言葉に納得してくれたのか、名刺ケースは内ポケットへしまわれた。

「では。岸、と申します」

岸さんは、向かいから頭を下げた。

「月野木、です」

「つきのき……」

私に関する話題が広がらないように、にっこりと笑ってそれ以降は黙った。

普段ならこの珍しい名字について食いつかれたりするのだけど、岸さんは私がこれ以上話をするつもりがないことを気づいてくれたみたいだ。

早く来てよ、本日の主役のおふたりさん！

さっきまで吐きそうに嫌な気分だったけど、それどころじゃなくなった。この人に、この状況で私の秘密がバレてしまうのは本当にまずいのだ。

視線を岸さんに合わせられなくて、ガラス張りの窓際から雨に打たれる木々に移す。

赤や黄色の交じり始めた葉をつけた枝が、水分の重みでびっしょりになってしなっていた。ラウンジから漏れる明かりを受けて、寂しくぼんやりと光って見える。

ガラスに映る私は、なんとも困った表情で自分をじっと見ていた。

ふたりして黙ったまま、ただ外を眺めているうちに十七時を二十分ほど過ぎた。

岸さんが、スーツの袖を捲《まく》り腕時計を確認する。

「なにか、頼みましょうか」

まだ全員が揃《そろ》わないとはいえ、さすがになにもオーダーせずにいるのは良くない。

「そうですね。私はホットコーヒーにします。岸さんはどうされますか？」

「俺も同じものを」

軽く手を上げると、すぐにスタッフがオーダーを取りに来てくれた。

外はすっかり夜の色に包まれてしまった。

その場しのぎのコーヒーも、次第にその熱さを失ってしまった。

私たちは、一体なんのために、ここに呼ばれたんだっけ。

非日常のシチュエーション。顔面国宝を目の前に、頭がぼんやりとしてしまう。

岸さんだって、きっと多忙な人だ。なのに黙って彼女が来るのを待っている。

愛してるんだろうな、婚約者の彼女を。

そんなとき、いままで沈黙を貫いていたスマホが小さなクラッチバッグの中で震えた。

すみません、と断ってスマホをバッグから取り出す。トークアプリのプッシュ通知が目に飛び込んできた。

このタイミング、嫌な予感がする。

動揺してしまい、スマホを持った手が微かに震え始める。

アプリを開くと、いまだに姿を見せない彼からだった。

【彼女との間に子供ができたみたいだ。ごめん、まち。おれの代わりに彼女の婚約者にうまく伝えて。このままふたりでここから逃げる。まちの部屋にあるおれの私物は、あとで取りに行くかもしれないので預かっておいて欲しい。よろしく】

子供ができたから、逃げる？

あまりにも意味がわからな過ぎて、スマホから一旦顔を上げると、岸さんと目が合った。

「連絡、来ましたか？」

その瞳の奥から、さらに冷たいものを感じる。

どうして？

なんで私が岸さんにこんな残酷なことを伝えなきゃならないの？

岸さんの怒りや悲しみは、私に向かってくるの？

よろしくって、なんだ。アホか。

「あの……ふたりはもう今日は……」

声を出した拍子に、震えた指先から力が抜けて、スマホは柔らかな絨毯の上に落ちた。

震える手を、ぎゅっと握りしめる。

……このことを岸さんに伝えるために、最後のさいごで、私は彼の手駒にされるんだ。

自分で伝えろよ、奪っていくんだから。

婚約者に最後の連絡さえ寄越さないでいる、彼女にも腹が立つ。

私の様子がおかしいのに気づいたのか、岸さんが立ち上がってこちら側に回ろうとしているのがわかった。

あんな無責任でアホな文章、岸さんに見せる訳にはいかない。

なのに私がかろうじて伸ばした手よりも先に、岸さんがスマホを拾い上げてしまった。画面を下にして、私の手元にスマホを差し出しながら隣に座る。

「プライベートなものなので、画面は見ません。連絡、あったんですか？」

近い距離から、顔を覗き込まれる。

再度聞かれれば、もう、そうだと言うしかない。

「……あのクソ野郎どもは、もう来ません。子供ができたかもしれないから、ふたり揃って逃げるそうです」

悲しみよりも、怒りの感情のほうが先行した言い方になってしまった。

誰よりも先にこの場に来て、ずっと彼女を待っていたこの人に、あまりにも酷い仕打ちじゃないか。

それを私に言わせるなんて、ふたりともどうかしている。

そう思い、岸さんを見つめながら、自分の視界が涙で歪《ゆが》みそうになった寸前。

岸さんが片手で口元を押さえたあと、視線を私から外した瞬間に微かに笑ったのを見てしまった。

一見ショックを受けた姿に見えたけれど、受けた違和感のほうがずっと強い。

表情のほんの少しの変化。気のせいだと言われたらそれまでかもしれない微妙なライン。

だけど、子供の頃から、人間のわずかな表情の変化で望みや感情を察するように、と言われ続けてきたからこそわかった。視線を外したり、会話が途切れたりした一瞬に本当の表情が出ると母親から教えられていたから。

さっきのは、確かに笑っていた。

この人は、もしかしたら思ったより傷ついてはいないのかもしれない。

そういう笑い方に、私には見えた。

……そうだといいな、と願う。こんな勝手で傷ついて欲しくない。

「……良かったら、トークアプリのスクリーンショットをいただけませんか？　帰ったら、このことを報告しなくてはならないので」

岸さんはいかにも神妙な表情を浮かべて、私にお願いをしてきた。

「彼らはすごく無責任なことばっかり言っていますよ？　ショックを受けてしまうかも」

「証拠が必要なので、構いません」

はっきりと、岸さんは証拠と言った。

その場でトークアプリのＩＤを交換し、スクリーンショットを岸さんに送る。

「……あ、きた。月野木さんのアイコンて……トカゲ？」

「オオサンショウウオです。京都の水族館で撮って。実物はとても大きいんですよ、ぬいぐるみも持ってます」

ベッドの上が定位置のぬいぐるみの大きさ。

このくらいで、と隣で両手を広げると、岸さんの国宝級の顔が目を丸くしたままフリーズしてしまった。

「岸さん？」

名前を呼ぶと、岸さんは私の顔をじっと見た。

見つめ返すと、すっと視線をそらす。だけどまた、戻してきた。

自分の鼻先を指でこすって、考え込んでいる。

「……月野木さん」

「はい？」

「あの……上のフロアで飲み直しませんか？　夕飯がてらにうまいもん、おごります」

真剣な顔で、より距離を詰められる。すんっとなぜか匂いを嗅がれた気がして、急に恥ずかしくなった。

うそ、緊張して汗くさかった？

今日は気分が乗らなくて、香水もほんの少ししかつけてこなかったのが仇《あだ》になったか。

焦ってさらに、余計な汗をかいてしまう。

それよりなにより、早く岸さんとお別れしなきゃならないことをとたんに思い出した。

そんな場合ではないのに、オオサンショウウオの話題ですっかりなごんでしまっていた。

「で、でも、もうふたりは来ませんし……帰りませんか」

広げたままのおマヌケな両手を、おずおずと引っ込めようとしたところを岸さんに軽く掴まれた。

大きな手。久しぶりな他人の肌の熱に、びくりと反応してしまった。

「ひえっ」

「……行くよな？　こんな冷たい手だし、まだ雨も降ってるし、あと……」

岸さんは私を引き止める言葉を探しながら、なぜか困った顔をしている。それに、言葉づかいまで砕け始めた。

「ごめん、女性相手に普段はこんなことは絶対にしないんだけど……うまく説明できなくて」

びっくりした私と、とうとう困り果てた顔をする岸さん。

軽く掴まれたままの両手を振り払うこともできずに、そのままイケメンが浮かべる困惑の表情を近距離で眺めるという不思議な体験をしている。

まるで我慢比べみたいだ。ロマンティックな雰囲気もなく、にらめっこにも似ている。

こんなに引き止めるのは、いまはひとりになりたくないからかな。

それなら、私にも気持ちはわかる。いろんなことが起こって、頭の中は整理に忙しい。

ただ、冷静になっていくほどに『捨てられた』という負の感情が、打ち寄せる波のように足元を不安定にして立ちすくんでしまうから。

岸さんは婚約までしていたし、親族へ報告しなければいけない。これから大変だと思う。

ボロが出ないように気をつければ、今晩はご飯くらいなら行けるかな。

お酒は飲み過ぎてはだめ。口がゆるゆるになって余計なことを話してしまいそうだから。涙腺も、つられて弱くなっちゃいそうだ。

ここまで考えて、大丈夫だと思っていたけど、ひとりになりたくないのは私も同じなんだと気づいた。

「……ご飯食べながら、誘ってくれた理由を教えてもらえますか？」

そう返事をする。

本当は、理由なんて聞けなくてもいいと思っている。

「ちゃんと確認すれば、いきなりこんなことをした理由は説明できると思う。だから、もう少しだけ俺に付き合って欲しい」

太い眉がちょっとだけ下がった顔が大きなワンコみたい。

完璧に狼っぽい雰囲気だったのに、急にワンコ成分を出されて不本意にキュンとさせられてしまった。

二十八階にあるエグゼクティブラウンジは、下とはまたがらりと違っていた。東京のきらめく夜景が眼下いっぱいに光の海のように広がる。雨の中では、七色の光がぼんやりと数多に浮かぶようでまた幻想的だ。

照明が絞られ落ち着いたムードの中、親しい人と耳元で囁《ささや》き合いながらお酒を楽しむ雰囲気になっていた。

ラウンジでも一番に光の海を独り占めできそうな、窓際の席に通された。大きな革張りのラウンドソファーに並んで座り、景色を眺めながらゆっくりくつろげる仕様になっている。

スタッフと岸さんの短い会話や雰囲気から、何度かここを利用しているように見えた。

「もしかして、結構来たりするんですか？」

デートとか、と続けて言葉が飛び出しそうになったのをかろうじて止めた。

「商談を兼ねた飲みなんかのときに。暗くて、人の顔が見えないのが都合いいんだ」

商談なら、表情が見えたほうが良さそうなのに。

そう言葉にしようとして、それもぐっと呑み込む。岸さんはすぐにあっちを向いてしまったので、表情は見られなかった。

お酒は軽く、とさっき誓ったのに、すすめられるカクテルや軽食が美味しくて、あれもこれもといただいてしまった。

あんなに気をつけようと決めていたのに、酔って、あと数時間でサヨナラなんだからと気が緩み、下の名前を教え合った。

ふざけて一度呼び合ったら、今度は最低最悪な出来事を共有したことで妙な仲間意識が芽生えた。

「婚約者じゃなかったの!?」

「婚約者っていうか、親族が勝手に候補に決めて押しつけてきた。財界では有名な貿易商の娘ってやつで。仕方なく一度顔を合わせたとき、あっちもまったく乗り気じゃなくて」

敬語はやめようと言われたので、もうフランクに接してしまっている。

私たちを知らない人の目には、本当に友人のように映っているだろう。

旺太郎の話を聞くと、彼女のおうちは貿易商で、大変いいところのお嬢さんだという。買い付けで世界中を飛び回るのが楽しいらしく、結婚願望はまったくなし、と本人が宣言していたらしい。

ひとり娘に落ち着いて身を固めて欲しい。そんなご両親の話を聞いた旺太郎の親族が、婚約者にと勝手に話を進めてしまったという。

そんなバリキャリと、元彼がいつどこで接点を持ったのか。

疑問には思うけれど、答えはなんとなく知りたくない。

「……彼女が騙《だま》されてるんじゃないかって心配になってきた。子供もできたみたいだし、好き同士な感じだけど」

「いや、俺は男のほうが心配だな。話を聞いた限り、彼女の行動範囲は広過ぎる。顔合わせの直前までタンザニアの鉱山に行っていたらしいし、去年はインドで宝石商人と希少なダイヤの取引で渡り合っていたと聞いた」

「じゃあ、逃げるって言ってたけど……」

「男のほうは国内だと思ってるかもしれないけど、彼女が本気で逃げるなら地球の裏側まで行くかもな」

すぐにパスポートが必要だと言われて、慌てる元彼の顔が頭に浮かんだ。

ライターだからネット環境さえあればどこでも仕事はできるかもだけど、まさか国外へ逃げるはめになるなんて思っていないだろう。英語も、得意なほうではなかったはずだ。

想像したら、一緒にいる彼女が苦労するんじゃないかと、やっぱり心配になってきた。

旺太郎は、ふたりが来ないって知って片付いたと思っちゃったんだろうな。

「旺太郎、今日ふたりが来ないってわかったとき、こっそり笑ったでしょ。だめだよ、もっとちゃんとポーカーフェイスでいないと」

違和感を覚えたことを指摘すると、旺太郎はそのまま黙ってしまった。

手元のグラスから、溶けた氷がカランと鳴る音がした。そんな沈黙も、いまの私には心地いい。

婚約は正式なものじゃなかったし、旺太郎はお相手に結婚を意識するような好意を持っていなかった。ショックはあったかもしれないけど、深く傷つくことがなくて良かった。

「……なんかさ、泣く泣くふたりが駆け落ちするのをイメージしてたけど、違ってきたわ。その彼女さんの話を聞くと、妊娠したからって話もせずに逃げる選択をする人間には思えないんだよなぁ」

「……それな。俺も実はそう思う」

「想像だけどさ、きっと彼女さんもなにかしら彼に嘘をつかれてると思う。ちゃんと話し合いをしたいっていうのは本当だったけれど、妊娠が発覚して、例えば私の都合が悪くなって中止になったとかいきなり言われたのかもしれない」

そう言いきったら、悲しくなってしまった。

彼女はちゃんと全て含めた話し合いがしたかったので、場所まで用意していた。彼は次第に怖じ気づき、四人で会うのはなんとか回避したいと思っていたとしたら、この仮説の辻褄《つじつま》が合ってしまう。

彼はそういう風に自分にとって物事を都合良く変えてしまう、ズルい面を持ち合わせていたから。

「……なんか、いろいろ疲れちゃったなぁ」

いつも温かくて穏やかな場所であって欲しい心の中に、ざらりとした砂が残されている。

それを気持ち良く飛ばしてくれる風が吹く訳でもない。優しく払ってくれる手もない。

ざらり、ざらり。

怒涛《どとう》の一日だった。

心臓は擦り切れそうに鳴っていたし、精神は冷静さを保つためにいっぱいいっぱいだった。

元彼に対する気持ちは愛情から変わってしまっていたかもしれないけれど、やっぱりつらいものは多少はあった。

いっそ泣いてしまったほうが、楽だったかもしれない。

だけど、先のことを考えてしまって泣けない性格を『お前は強いよ』と言う人がいた。

目を閉じる。

全部、夢ならいいのに。

この身を預けたソファーの感触も、閉じたまぶたの向こうに広がる雨に滲んだ街の光も、私の部屋に残された元彼の荷物も。

ソファーからスプリングの小さな弾みを感じて、閉じていた目を開くと、旺太郎がさっきよりもっと近くに来ていた。

初めから隣に座っていたけれど、人ひとりぶんは空けていた。そのぽっかり空いていた空間に旺太郎がいて、なにか言おうとしている。

なに、と聞こうと思ったけれど、野暮な気がして旺太郎からの言葉を待つ。

「……なら、俺が慰めてやろうか？」

掠《かす》れた声に、耳がとろけそうだ。

旺太郎の指が、私の頬に触れる。そっと撫でて、ぷにっと押して、まるで子猫に初めて触るような慎重さ。

大胆なセリフに合わない慣れていなそうな手つきに、また心がくすぐられる。

私たちはつい数時間前に出会ったばかりで、しかも正式なお別れをしていないけれど、お互いに彼氏と仮ではあるけれど婚約者がいた。

良くないことかもしれない。

だけど。

「慰めるって、いいマッサージ店でも紹介してくれるの？」

そう聞くと、旺太郎の瞳が困ったように揺れる。

「いや……そういうんじゃなくて」

明らかに意味を持った指が、頬から耳たぶに動く。

小ぶりなピアスを撫でてから、首筋をなぞった。

「ふふ。ごめん、意地悪言い過ぎた。酔って、したくなっちゃったんでしょ。……今夜だけなら、神様も目をつむっててくれるよね」

頬を触る手に、自分の手を重ねる。

大きくて温かくて、知らない体温を持った手だった。


肩にかかった息がくすぐったくて、目が覚めた。

ベッドの上。

後ろから抱きしめられていて、一瞬だけ状況がわからなかった。

でも、暗い中で向こうに見えるソファーに、かろうじてかけられた自分のワンピースを見てすぐに思い出す。

そうだ。あのまま、旺太郎と寝たんだ。

後ろから私を抱きしめて眠る旺太郎を起こさないように、静かにため息をつく。

厚く高級なカーテンの隙間から、青白い光が差す。多分、夜が明けたばかりだ。

旺太郎は酔っていたからか、私がひと晩限りの相手だからか、自分があまり人を信用できないことを教えてくれた。

理由までは明かしてくれなかったけど、嘘をついている様子ではなかった。

会ったばかりの女性を誘ったりすることも、初めてだという。それなのに私を誘ったのは、胸が締めつけられるほどのいい匂いがしたからだと言った。

そんな体験は生まれて初めてで、職業的なことからも個人的にも、どうしても、もっと近くで嗅いで確かめたかったらしい。

安心するのに、欲情をあおられて、独り占めしたくなる甘い匂い。

不慣れなうえ強引な誘いで、もちろん拒否してもいいと言ってくれたけど。

でも私はすっかり、旺太郎の『初めて』という言葉に嬉《うれ》しくなってしまっていた。

優越感。それに、私をどうにかしたいという旺太郎の懇願に、お腹の奥が酷く疼《うず》いた。

こんな夜に求められることが救いだとも思ったのかもしれない。

そうして旺太郎に身を任せた訳だけど、それはもう優しく触れてくるので、無性に泣きたくなってしまった。

匂いについては、『見ないでくれ』と恥ずかしがり、私が目を閉じると、体の至るところを好きなだけ鼻を押しつけて堪能していた。

でっかいワンコが、真剣になっている。

くすぐったくて、たまにそうっと目を開けると、視線に気づいた旺太郎から照れ隠しとばかりに軽く噛《か》まれた。

私だって恥ずかしかった。ひと晩限りだから、我慢できたんだから。

そうっと体ごと振り返ると、旺太郎が疲れ過ぎて気の抜けた子供みたいな顔で寝ている。

「……びっくりしたけど、落ち込む暇がなくて助かったよ」

ありがとう、と跳ねた前髪を撫でて、ベッドから抜け出す。

下着を拾い服を着て、髪を手ぐしで素早く整える。

途中で拾った旺太郎のボクサーパンツと、シャツとスーツのズボンを簡単に畳んでソファーの端へまとめた。

部屋から出て、預けていた傘を引き取ると、現実へ少しずつ引き戻されていく。

ホテルの車止めには早朝からタクシーが待機していたので、駅ではなく自宅まで向かってもらった。

タクシーから見る新しい朝に目を覚ました街は、光の中で活動を始めていた。

すっかり上がった雨。濡れたアスファルトが朝日を反射してキラキラと輝いている。

眩しくて、目を細める。

「……また、頑張んないとなぁ」

綺麗な朝に置いてきぼりにされたくなくて、呪いに似た言葉をひとりぽつりと吐き出した。

二章

【こんにちは。元気にしてるか？　今晩、時間があったら飯でも行かないか】

当たりさわりのない、無難なメッセージ。スマホに打ち込んで、眺める。

三十四階の副社長室。そこから見える果てまで広がる東京湾にも目もくれず、俺は自分が打ち込んだ面白みのない文字列を頭から目で追う。

あまりにも平凡過ぎないか？　もっと返事をしたくなるような文章があるんじゃないか？

わからない。普段こんなことでやり取りするのは、年に何度か従兄弟とだけだから。

そびえ立つ日本有数の高層ビル・岸グループ本社ビルの最上階。仕事以外のことで、ここまで悩むのは初めてだ。

まちと会ったあの日から、一週間が経っていた。

似たようなメッセージを二度、まちのスマホに送ってはみたけれど、既読無視をされている。

俺もいい加減諦めればいいものを、まちのことを思い出すと、どうしてもスマホに手が伸びてしまう。

透き通るような白い肌に、焦げ茶のセミロングの髪。ぽってりとした薄赤い唇がなにか言葉を紡ごうとするのを、つい見つめてしまうほど印象的だった。

長いまつ毛に縁取られ愁いを帯びた瞳は、きっと誰が見ても目を奪われるだろう。

実際、まちがラウンジへやってきたときには、他の客の視線を集めていた。

ただ、本人はそれどころではなく、気づいてもいない様子だったけれど。

疲労の色が眼差しや顔色に出ている彼女を見て、俺は逃げた男を心底軽蔑したし、そんな男にはもったいなかったんだとも感じていた。

今回の件で一番の被害者、それがまちだった。

律儀にラウンジにやってきて、彼らを待った。俺がまちの立場だったら、すぐに弁護士に頼む用意を始めていただろうに。

スマホに映る、以前送ったメッセージの横に付いた【既読】の小さな文字を見つめる。

向こうにしたら、俺はたったひと晩の相手だ。

しかも付き合っていた男が一緒に逃げた女の婚約者候補。ややこしくてこれ以上付き合っていられない、というところなのかもしれない。

ところが、俺がそうもいかなかった。

いまでもまちの肌の匂いを思い出すたびに、心臓が掴まれるように苦しくなる。心がざわざわして落ち着かなくなるのに、もっともっと近くで、直でまた嗅ぎたいと思ってしまう。

変態、という言葉が真っ先に頭に浮かんでしまった。

変態じゃない。気になるから、また嗅ぎたいだけだ。

人間なんて仕事以外ではあまり関わりたくないのに、自分がここまで拘る理由がわからない。

『匂い』『気になる』と、そのままストレートにネットで検索をかけてみたら、『加齢臭』『口臭』がトップに出てきた。

違う。そっちじゃない。悩んでいるなら、我が社が優れた対策商品を開発しているのでぜひ試してみて欲しい。

まちという人間が、ものすごく気になる。

知りたいという探究心が、無視されることで余計に刺激されている。

最初、その匂いに気づいたのは、なにかトカゲみたいな生き物の話をラウンジでし始めたときだった。

トークアプリのアイコンが見慣れない生き物の写真だったので、聞いてみたときだ。

まちが両腕をおよそトカゲの大きさとは思えない幅で、パッと俺の隣で広げたときに、ふわりとそれが香った。

微かな香水に混じって、甘い香り。日本人に多いとされる、元から肌の匂いが甘い、スウィートスキンなのはすぐにわかった。

うちの会社からも、毎年クリスマス商戦時には特別な香水が限定で発売されている。ありがたいことに、毎年争奪戦といわれるほどの人気商品だ。

開発から関わっている身とすれば、女性の匂いには多少敏感になってしまうものだ。

ただ、まちの場合は違った。

その甘さの中に、俺の心をびりびりと震わせるなにかがあった。突然の感覚に、思考も動きも一瞬止まってしまった。

まちが俺の名前を呼び、顔を覗き込む仕草でまた微かに香る。

まっすぐに見つめられて、その瞳にとらわれて。

このまま帰してはだめだ。絶対にもう二度と会えなくなる予感しかしない。

人嫌いの心が、それ以上のいままで知らなかった感情に揺さぶられて、呑み込まれた。

そうして俺は生まれて初めて、下心を持って女性を口説いた。

持って生まれたものは、秀でているといわれる容姿と仕事の才能だけで、初対面の女性を口説けるほど、口がうまい訳じゃなかった。

途中でもう懇願の域に達していた泣きの口説きに、まちは少し困ったような顔をしながらも頷《うなず》いてくれた。

そのときの俺は、みっともない自分の姿や事情を晒《さら》しても、この場にまちを繋ぎ止めることのほうが遥《はる》かに重要だった。

直接嗅いで舐《な》めて、ちょっとだけかじったまちの肌は、甘くて蜜の滴るみずみずしい桃のようだった。

ひとくち、またひとくちと、際限なく欲しくなる。

『好みの匂いの異性は相性がいい』なんて言葉が頭をよぎる。

――たとえ、そうだとしても。俺にとっては……。

余計なことを考えるのはやめて、目の前の肌に集中した。

翌朝、まちはホテルの部屋から綺麗に消えていた。

うっかり深く寝入ってしまった。眠るつもりなんて、まったくなかったのに。

昔の嫌な記憶が頭をよぎる。

いつまでも胸の中でぐちぐちと腐臭を放つあの出来事を思い出して、ひとり残されたベッドの上で吐きそうになった。

この一週間。まちのことを思い出している。

それは俺の愛撫《あいぶ》に目を閉じて身をよじる姿よりも、背筋をぴんと伸ばして、雨に濡れた中庭に視線をやるあの白い横顔ばかりだった。

珍しい名字に、まちが酔って口にしたデザイナーだということ。ふたつの情報からすぐに勤め先がわかった。

といっても、探偵など雇って調べた訳じゃない。手のひらに収まるこのスマホで、このふたつのキーワードを検索しただけだ。

結果、香港《ホンコン》に拠点を持つ外資系ホテルが去年都内に進出した際に、その内装デザインを手がけたチームの一員だったとわかった。

都内にある小さなデザイン事務所ながら、国内外で多数の実績と受賞歴がある有名な事務所だった。住所を見ても、ここからさほど遠くはない。気が向けば、いつでも行ける距離だ。

手の中のスマホが震えたので、まちから返信がきたかと確認をすると親族からだった。

あの逃げた婚約者候補を連れてきた、確か父方の従兄弟の誰か……だったはず。いなくなったことを各方面に報告し、この話はなかったことになったのに、懲りずに次の候補を探し回っていると人づてに聞いた。

震え続けて着信を知らせるバイブ音にうんざりして、引き出しに突っ込む。

スマホがなにかにあたり、引き出しの中で不快な音を立て続ける。入室してきた秘書がまたかという顔をした。

ずいぶんと長く粘っていた、引き出しの中から響いていた不快な音がやっと止まった。そのタイミングで、秘書の口が開く。

「こちらにも電話がきています。来月末に行われるパーティーの前に、連絡が欲しいそうです」

どうしても本家と繋がりを強く持ちたいのか、あちらは諦めてくれないらしい。

親族はいままでに興した事業に立て続けに失敗し、だいぶ首が回らなくなっているとは聞いている。

ここで俺の結婚の世話をして、本家の後ろ盾を得ようとしているのだろう。

うまくいけば、多少の融資も都合がつくかもしれないという、浅はかな考えが透けて見える。

「……わかった。ありがとう」

秘書を相手に嫌な顔をしても仕方がない。

俺の返事に、秘書は一礼をして部屋を出ていった。

いっそ、パーティーなんて欠席してしまおうかと考える。

つまらない集まりだ。今年くらいは傷心と偽って欠席しても、誰も表立って文句を言う奴はいないだろう。陰で勝手に言えばいい。

ただ、立場として、そうはいかないこともわかっている。

ひとり、チェアーの背もたれに体を預けて白い天井を見上げる。

まちの白い顔、細い手首。もっといろんなものを、腹いっぱい食わせてやれば良かった。

「……ちゃんと飯、食ってんのかな」

無意識に口から出た声。

他人の心配をする自分に驚き、とっさに誰もいない部屋を見渡してしまった。

二十時、夜の地下駐車場の空気は一気に冷え込んでいた。乗り込んでエンジンをかけると、車は身震いをして目を覚ます。

ゆっくりアクセルを踏み込んで地上へ出ると、無意識に自宅とは反対へとハンドルを切った。

ドライブだ。ちょっと気晴らしにドライブをするだけ。その間に、たまたま、まちの勤めるデザイン事務所の近くなんて通るかもしれない。

偶然、たまたまに。

有名な事務所だし、これから世話になることもあるかもしれない。なら、場所を直に見て知っていても損はない。

すると今度は『ストーカー』なんて言葉が頭に浮かんできて、言い訳を懸命に考えながら泣きたくなってしまった。

「……元気にしてるか、遠くから見るだけだ」

言い訳をひとりで呟きながらも、こんな時間に、たまたま会えるなんて奇跡はないだろう。

世間から冷徹だの狼だの好き勝手に言われているけれど、いまの自分は周りからのそんな評価より人間らしい気がする。

急に発露した性癖には困惑しかないが。

まちが勤めるデザイン事務所は、通りから少し奥まった場所に建っていた。ホワイトの外壁、そこに木の素材も取り入れたモダンでシンプルな二階建て。外灯がいくつか建物の下に設置され、光の中に浮かび上がるような演出がされている。主張はし過ぎないが、存在は認識してしまう。その加減がちょうどいい。

建物の前が駐車場になっていて、数台の車が停まっていた。

「まだ、残ってるかもしれないのか」

デザイン業界も、なかなか過酷な労働環境だと聞く。

このままデザイン事務所の駐車場へ、アポイントもなしに乗り込む訳にもいかない。今日は、事務所の場所を自分の目で確認できただけで良しとしよう。

まちの職場と、その周辺を知れたことに不思議と高揚感を覚える。

姿を確認することはできなかったけれど、また次に、たまたま通ったときに見かけるかもしれない。

そのまま今晩は帰ろうとハンドルを握り直した瞬間に、反対側の歩道に見覚えのある姿を見つけた。

……あの後ろ姿は、まちだ。

同僚か知り合いか、女性とふたりで並んで街灯の下を歩いている。

肩からかけたストールの背中で、あの夜に触れた髪が風に遊ばれていた。

あの先は確か駅で、きっとこれから帰るところなのかもしれない。

姿を確認できた。なのに、なにもできずに、車の波に乗ったまま通り過ぎてしまった。

一気に心拍数が上がり、突然の選択肢を自分自身から迫られる。

まちを確認できた。顔までは見られなかったけれど、ふたりでなにか話している感じだった。

だから、きっと出社できる程度には元気にしていたのだろう。

だけど。

きちんと正面から見た訳じゃない。せっかくここまで来たのだから、挨拶くらいして顔色をちゃんと見たい。

どうする？　引き返すか？

……まちが俺からのメッセージを既読無視するのは、やっぱりもう会いたくないからかもしれない。

「付きまとい、なんて思われたら……通報されるかも」

自分で言っておきながら、しゅんと心が萎むのを感じた。

ヘコむ気持ちを抱えながら、車を駅へと走らせる。

規模はそれほど大きくない、静かな駅に着いた。ロータリーの端に、車を停める。

駅の出入口からある程度距離があって、向こうからはこちらの顔はきっと見えないだろう。

客待ちのタクシーの他に、送迎なのか一般車も数台停まっている。

出入口のそばでたむろしている若い男たちのグループから、時折笑い声が聞こえてくる。

俺はここから、今度はまちの顔をちゃんと見ようと思った。

さっきよりは、明るい駅のほうが多少は表情が見える。

声をかけなければいいんだ。

遠くから元気な姿を見れば、もうこんな真似はしないだろ?と自分に問う。

迷惑行為は良くない。避けられているなら、空気を読んで身を引かなければいけない。

ハンドルを思わず両手で強く握る。

これで最後。ちゃんとまちの顔を見て、また明日から冷徹な自分に戻ろう。

こんな感情に振り回されるなんて、俺らしくない。

「……ん？」

そう思っていたのに。

まちは先ほど一緒にいた女性とは別れたようで、ひとりで歩いてきた。

この、表情が見えるギリギリの距離でも、やはり目を引く美しさだ。だからか、さっきのグループのひとりに声をかけられている。

無視して通り過ぎればいいものを、きっとぼんやりして足を止めてしまったんだろう。

あっという間に、四人の男に囲まれてしまった。

男たちはふざけているのか、本気なのか、やたらと身振り手振りを大きく見せてなにか言っている。

そのひとりがまちの体に触れようとしているのを見て、最近意見の合わないことが多い心と体が、即決の満場一致で一緒に車から飛び出した。

威圧感を出すのは得意だ。

というより、表情を浮かべずにいるだけで『顔が怖い』と言われる。

いまの俺の顔は、そこに怒りに似た感情が乗っている。どんな顔になっているか、気にするほど余裕がないし必要もない。

近づいていくほどに、まちが心の底からまいったような顔をしているのが見えてくる。そんな表情も、男たちにしたら欲をかきたてられてしまうのだろう。

男ども全員、去勢してやりたい。

まちの肩に手を置いている、身のほど知らずのお前から。

「まち、お待たせ」

俺の声に、男たちが振り向く。

「……え、旺太郎!?」

まちが俺の名前を呼ぶ。名前、忘れられてなかった。

久しぶりに近距離のまちの姿に、顔が緩みそうになるのを引きしめる。

「……俺の連れに、なにか用でも?」

頭ひとつぶん、小さな男たちを見下ろす。四人全員を、ひとりひとりじっくりと見てやる。

視線がぶつかり、次々に男が慌てて目をそらしていく。

「な、なーんだ！　お姉さん、彼氏と待ち合わせ？　言ってよ～！」

あはは、なんて四人で顔面をこわばらせたまま、俺とまちから距離を取り始めた。

「用がないなら、これで」

立ちすくむまちの肩を抱く。

「えっ、ちょっと」

「そこに車を停めてあるから。そのまま歩いて」

こそりとまちに耳打ちして、ロータリーへ向かう。

ふわっとまちの匂いがして、軽く肩を抱いた手に力が入りそうになる。壊してしまいそうだ。

もっと自分に引き寄せたい。だめだ、力を入れたらきっと痛がる。うまい加減がわからない。

感情に流されて力を入れてしまいそうなのを、奥歯を噛みしめて耐えた。

一週間ぶりにそうっと触れた肩はやっぱり華奢《きゃしゃ》で、いろんな感情がわいてきて苦しくなった。

車の助手席のドアを開け、まだ戸惑うまちを半ば強引に押し込む。

回り込み、運転席に乗り込むと、まちが目を丸くして助手席からこっちを向いて話し始めた。

「……びっくりした。まさか旺太郎が助けてくれるとは思わなかった」

「……ああ、俺も。たまたま用事があってこっちに来たら、まちを見かけたから」

嘘だと悟られないように、表情を引きしめたままで返事をする。

まちの目は、そんな俺の思惑を見通すように澄んでいる。大きな瞳の中に夜に映える光が差して、キラキラしていた。

「そうだったんだ……助かったよ、すごく。ありがとう。でもケンカになっちゃったらどうしようって、ハラハラしちゃった」

「ここ、普段からまちが使う駅なんだろ？　ケンカすると、あとからまたあそこであいつらに会う確率が高いまちにリスクが向くから。それを避けたかった」

男たちは、もう戻ってはこないようだ。

まちも同じくそう感じたのか、ストールを肩にかけ直した。停めたままの車からいまにも降りて、電車で帰るつもりに見える。

この時間、まだまだ駅の利用客は多い。この会話の続かない間にだって、ホームには電車が着いて、改札を通った人が駅からぞろぞろ出てきている。

早く。早くなにか、もう少しだけでも、まちをここに留めておける言葉を見つけないと。

顔を見るだけ、なんて決めていたのに。

「……じゃあ、今日はありがとう。メッセージくれてたのに、なかなか返せなくてごめんなさい」

そんなことで謝らなくていい、と返事をするより先に、体が先に動いて車のエンジンをかける。

「まち、このあと時間あるか？」

「えっ、時間？」

「鶏肉と牛肉、どっちだ？」

「待って、なにその機内食みたいな選択肢……って、ちょっと！　なんで発進してるの！」

「シートベルトしろ。いや、してください」

走り出した車。交通ルールには逆らえなかったのか、まちが仕方なくといった風に、渋々シートベルトをしてくれた。

カチッと金具がはまった音をハンドルを握りながら聞いて、俺の固まっていた表情がやっと緩んでいくのがわかった。

遅い夕食は鶏でも牛でもなく、寿司になった。

十月は旬の穴子の食べ納めだと、ほっくりとした白焼きを、美味しそうにまちが食べる。

　それがあまりにもいい顔をしているものだから、今夜は自分らしくないことをして良かったと心底思った。


　なにか困ったことがあったら。

　落ち込んだり眠れなかったり、家具の移動や害虫退治。

　なんでも、誰かに助けを求めたいときにとっさに頭に浮かべる、その人間の中のひとりに入れて欲しいとまちに伝えた。

『どうして？』と、まちは俺に聞くことはなかった。

『どうして』なんて聞かれたら、答えに困るし、なにより傷つく。多分。

　まちは返事の代わりに、下を向いて小さく笑った。

　いいのか悪いのか、わからない。だけどキッパリ断られなくて良かった。

　説明がうまくできない。

　同情に似た感情もあるけれど、それだけだとは言えない。

　他人とは関わりたくないくせに、まちは別だから本当にやっかいだ。

　出会ったばかりの人間に、こんなにも執着する自分に正直戸惑い、まいっている。

こんな状態から助けて欲しいのは俺のほうなのに、頭に浮かぶ人間はまちひとりだけなので八方塞がりだ。

ふたりで夕食をとったあの夜からは、トークアプリで近況を知らせることが増えた。

……増えたといっても、俺が送ったメッセージに、まちが時間を置いて返信をくれるというものだ。

頼りにして欲しいと言ったのに、まちの頭に俺が浮かぶ機会はあいにくまだないらしい。

人肌が恋しい夜でも構わない、とも勢いで言ったのがまずかったのか。

だけどこれも本気で、まちのために一生懸命励み、満足させる自信もある。遠慮する必要もないのに。

『旺太郎は私の匂いが気に入ったから、また嗅ぎたいだけでしょ』

なんて、今度は冗談めかして笑われて軽くあしらわれてしまった。

すぐに違うと否定できなかったことをいまさら悔やんで、たまに仕事中に思い出しては表情を無にして悶《もだ》えている。

ちが……違わないけど……嫌なら我慢できる。

まちと話をしていると、普段とは違った自分になってしまう。

格好悪いところを見せても、『イメージと違う』なんてことは言われなかった。こういうところも含めて、執着する気持ちが強くなってしまう。

誰に好かれようが言い寄られようが、心が揺さぶられることなんてなかった。恋愛小説やドラマのように、誰かを好きになったこともない。人間が当たり前に持つ感情を、削ぎ落としながら大人になった。

不仲に見える両親は、俺が高校に上がる頃にそれぞれ出ていって別居を始めた。世間体からか、離婚はしないらしい。

俺はあれからずっと、残された家でいまもひとりで暮らしている。

このままひとりで生きて、いつかそのときがきたら死ぬ。そう受け入れたら、ただ仕事に没頭することができた。

恋人も作らない。結婚もしない。子供なんて……こんな俺が父親じゃ可哀想なだけだ。

それが三十を目前にして、満たされたいという感情が、まちという存在がトリガーになって呼び起こされてしまった。

愛や恋はわからない。ただ、自分の存在を認識して欲しい。

いままで目をそむけてきた寂しさ、飢えに似た感情が、いまになって騒ぎ始めた。

明るいうちに帰路につくことは少ない。

外を見ると、いつもの見慣れた夜空が広がっている。無意識に時計を見ると、二十時を回ったところだった。

今日もひとり、開発中の商品についての経過報告に目を通していた。

テストを数度クリアして、やっとひとつ先の段階へ進む。

ここからさらにいいものにするため、実際に手に取り使い、意見や感想をまとめ試行錯誤を繰り返す。

ファッション業界のように、一年で移り変わるような流行りは化粧品業界にはない。

新商品をリリースすれば、数年は継続して販売ができるように、開発にも時間をかける。

人の肌に直接つけるものだから、法律にもある通りに、成分もパッケージも特段の配慮をしなければならないのだ。

ふうっと、疲れからため息が出た。

立ち上がり、運動がてらに室内を歩き回り窓辺に寄る。

背伸びをする。パキッと、おおよそ人体からは出ちゃいけないような音がするのもいつも通り。

そうして、ふと目の前に広がる海と夜景をスマホで写真に撮ってみた。

それからトークアプリを開き、まち宛に写真を送った。

なんてことのない、ただの夜の海と、それを彩る無数の光の写真だ。自慢するような腕前なんてないし、写真を撮るのは得意ではない。

ただ、俺がいつも見ている風景、いま目の前にあるものを、まちと共有したかった。

ただ、それだけ。

こんなのでも、明日か明後日あたりにはなにかしらひと言返信があるはずだ。それを楽しみに、今夜はまだ仕事ができる。

ホーム画面に戻し、もう一度夜の海に目をやる。

そろそろとポケットにしまう瞬間、手の中でスマホが短く震えた。

「……あっ」

トークアプリの通知が表示されている。

口元が緩むのを自覚しながら、画面をタップする。

【夜景、綺麗だね。旺太郎の顔が反射して写ってるけど】

まちに教えてもらった両生類、オオサンショウウオのアイコンが発言していた。

……おかしい。

まちが、こんなに早く返信を寄越すなんて。

たまたま、そういう気分だったなら問題ない。大歓迎だ。

けれど、この胸に引っかかる違和感の正体はなんなんだ。

いても立ってもいられなくなり、自分の直感を頼りに、今日はもう仕事を切り上げることにした。

急いで帰り支度をしながら、メッセージを打ち込む。

【家にいるのか？】

すぐに既読がつき、それがますます焦燥をかきたてる。

【うん】

短い二文字の返信がきたことで、確信へと固まった。

間違いでもいい、バカだねって笑われてもいい。その言葉、ありがたく受け止めてやる。

玄関のドアを開いたまちは、絵に描いたようなぽかんとした顔をしていた。

「……え、ドッキリ？」

きっとどの角度で撮られても完璧な驚き顔をしている。

「ドッキリじゃなくて、サプライズってやつ」

「どう違うの、それ」

眼鏡をかけてラフな部屋着姿のまちが新鮮だ。

さりげなく、全身を見てしまう。牛柄みたいな靴下が意外で可愛いな。

「これ」

不意にニヤけそうな顔を見ないで欲しくて、両手に提げていた紙袋とビニール袋をさっと渡す。

普段あまり笑ったりしないから、きっと変な顔だ。見られたくない。

「梨と、葡萄《ぶどう》に林檎《りんご》……有名なあのパーラーの。あっ、こっちの袋は温かい……コンビニの肉まんだ」

急ぎながらも、ひとつひとつ、まちが嬉しそうに食べる姿を想像しながら選んだ。

旬の秋の果物。きっとこの中のどれかは好みのものがあるだろう。肉まんは、すぐに温かいものを食べてもらいたかったから。

「肉まんは五個あるから、好きなだけ食えるぞ。足りないなら買い足しに行ってくる」

た。


「待って、いろいろ確認したい」

「どれも好きじゃなかったか？」

「ううん、好きなのばっかりで、びっくりした」

寿司を一緒に食べた夜、まちの部屋の前まで送って良かった。迷わずにここに着けた。

まちは驚きながらも追い返したりせずに、突然訪問した俺を部屋へ上げてくれた。

そこで、今日どうして、まちの様子がいつもと違っていたのかを目の当たりにした。

「散らかってるでしょ、恥ずかしいからあんまり見ないでね」

「……これ、荷物……あの男のか」

ひとり暮らしには十分な広さのあるリビングの端に、服や靴、本などがまとめてあった。とりあえず全てここに集めてみた、といった感じだ。

「……荷物をね、普通は捨ててくれって言うよね。だけど旺太郎も見たでしょ？　あのメッセージ」

「ああ」

いつか取りに行くかもしれないから、そのままにして欲しいと。神経を疑うメッセージだ。

「人のものって、勝手に捨てるのは法律的にだめなんだって。だけど、目について仕方がないから、一箇所に集めて袋にでも詰めとけって思ったら」

ちっちゃい山になっちゃった、なんて、まちは途方に暮れた顔をしたあと、心を殺すように微笑んだ。

それがもう、俺の胸の中にいろんな感情の嵐を巻き起こす。ここが遥か彼方まで誰も立ち入らない野原なら、その山に火をつけてやりたいくらいだ。

まちの視界と生活から、あの男のものを消し去りたい。

戻ってこようなんてバカな考えに、まちをいつまでも付き合わせてたまるか。

——うん。俺なら、やれる。

「……まち、あの荷物を詰める袋はどれ？」

ジャケットを脱いでソファーに置かせてもらい、シャツの袖を捲るとまちが慌てて止めてきた。

「いいよっ、自分で明日やるから」

「いや。いま、俺もやる。こんなにあったら、邪魔で仕方がないだろ」

邪魔だ。他の男のものは邪魔にしかならない。

荷物のそばに、大きな収納袋がふたつあった。

明らかに、それには収まりきらない。それほどの荷物が一体どれほどの時間をかけて、まちの部屋に置かれていったのだろう。

収納袋をひとつ掴み、まずは畳まれた服を入れていく。それもみんな、きちんと洗濯されて同じ柔軟剤の匂いがした。

そばで見ていたまちが、もうひとつの袋を持ってきて向かいで詰め始めた。

ふたり揃って黙々と、袋いっぱいにぎゅうぎゅうにする。

「やっぱり、袋が足りないな。なにか袋ないか？　紙袋か、スーパーの袋でもいい」

「わかった」

まちがキッチンへ行き、すぐに半透明の大きなゴミ袋を持って戻ってきた。

「これに詰めよう。これなら、収納袋より入るから」

あえて使わないでいただろうゴミ袋を広げて、さっきより勢い良く入れている。

「高そうな服や本は収納袋に入れたから、他の残りはこっちでいいよね」

「そうだな、構わないだろ」

アウターなどのかさ張るもの、靴、帽子が詰め込まれていく。

そうしてついに、荷物の山は袋の山に姿を変えた。

「……いま、下に車を回すから。そのまま積んで持っていくよ。適当にうちのガレージに放っておく」

「そんなの、申し訳ないよ」

「これくらいはさせてくれ。この件に関しては、こっちにも原因があるんだから」

「旺太郎はなんにも悪くないのに」

「まちだって、悪くないよ。それに、やっぱり生活するには邪魔だろ、この量は」

片付けが始まるまで、これらはきっと、まちの手によって整理がされていたんだろう。それが今回集められ、こうやって袋の山になって、この部屋には必要でなくなった。

一度抜けた歯が口の中で一瞬で異物に変わるように、もうどうやったって元には戻らない。俺はそう思うけれど。

「……荷物をそのままにして、男がここに取りに戻るのを……待つか？」

これは、今日まで聞けなかったこと。

付き合っていたんだ。まちの心の中には未練だって……あるかもしれない。

まちは、強く首を横に振った。

「……ううん。私は彼を待たない」

俺をまっすぐに見て、ニカッと笑ってくれた。

多少無理をしている感じだけど、さっきの心を殺した笑い方ではない。

いま、あの男が現れたら速攻で蹴りでも入れそうな、生気とやる気に満ち始めた笑顔だった。

三章

「車、取ってくるから。ちょっと待ってて」

旺太郎はソファーに置いてあったジャケットを着ると、部屋を出ていった。

びっくりした。本当にびっくりした。

どうして突然来たのか聞きそびれたままだけど、サプライズ……ではなさそう。

旺太郎、私がドアを開けたときに、すごくほっとした顔をしていた。

職場から撮ったであろう写真を一枚送ってくれたあとからの展開が早過ぎだ。

どうしても気になって突発的に始めた、元彼の荷物の整理。すぐに終わると思っていたのに、想像以上に彼との生活の名残りが私の部屋にあったものだから、つい落ち込んでしまった。

同棲《どうせい》していた訳ではないけれど、元彼の歯ブラシや使っていた食器、髭剃りなんて、普通にここにあることに馴染《なじ》んでいた。

目に入ってもなんとも思わなかった彼の日用品が、あの日から徐々に違和感を放つようになった。

もう帰ってこない人のものを、ましてやもう気持ちもないのだから、置いておくのがおかしい。

……全て処分してしまいたい。残しておけとメッセージにあったけれど、知ったことか。

だけど、そうもいかなかった。

一応調べておこうとして、その行為が器物損壊罪という法に触れる行為だと知った。

そのときにはもう荷物で山を作ってしまっていて……これを、いつ取りに来るかもわからない人のために保管するのかと思ったら心が挫けてしまった。

そこに夜景の写真が送られてきて、ガラスに映り込んでいる旺太郎の真顔にちょっと笑って。

再び元彼の置き土産と向き合おうとしたら、旺太郎本人が来たものだからびっくりしてしまった。

私は、その姿を見たとき、どんな顔をしていただろう。

安堵《あんど》した顔をしていたのかもしれない。

今回のことを知っている旺太郎が来てくれて、ひとりじゃないんだって嬉しく思ったのが表情に出ていたかもしれない。

元彼の荷物が乱雑に積まれた部屋に通されて、旺太郎だってびっくりしただろう。なのに、すすめたソファーにも座らずに、収納袋を手に取った。それはもう、怖い顔で。

初めてラウンジで会ったときの顔も怖かったけど、あれは無表情だったと改めてわかった。

そこからはもう、あっという間だった。

その袋の山を、今度は自分の家のガレージに放っておくからと、コインパーキングに停めた車を取りに行ってくれている。

「……甘えっぱなしって訳にはいかないよね」

大きな袋をふたつ、手に持つ。旺太郎が車で乗りつけるまで、部屋とアパートの一階まで往復した。

それでも全部を持っては下りられなくて、結局は運んでもらった。

その全てを、いかにもな国産高級車に積み込むのを見守っていると、申し訳なさが増す。

トランクに入りきらなかった最後のひと袋を、旺太郎が後部座席へ放り込んだ。

ドアが静かに閉められる。その音が、元彼との最後の別れの合図に聞こえた。

部屋と下を行き来している間は感じなかったのに、ひと息つくと外の空気の冷たさに、薄いニット一枚の身が震えた。

見上げた夜空には、まだ低い位置だけどオリオン座が浮かんでいた。もうそこに、少しずつ冬の気配が来ていたのをいまさらながら知る。

「……それじゃ、今日は急に来てごめんな。荷物はこのまま預かるから、なにかあったらすぐに連絡して。寒いから、早く戻って」

旺太郎はそう言って、ちょっと躊躇《ちゅうちょ》したあとに私の肩をぽんと優しく叩いた。

そうして、その手をすぐに引っ込めた。

励ますような、労るような不器用な優しさだった。

人間不信だと自分で言った旺太郎なりの励ましだと思うと、胸がいっぱいになる。

私に構うのは、強い同情と責任感からかもしれない。それにずいぶんと助けられている。

短い時間の中で、旺太郎の無表情な怖い顔の中に、本当はいろんな感情の表情が浮かぶことも知った。

ひと晩の関係を持ったあと、もう旺太郎とは関わるつもりがなかった。

昔の私を知っている人の孫。穏便に暮らしたい私は近寄ってはいけない人だ。

なのに、私を気にしてくれる旺太郎に、すっかり絆されてしまっていた。おせっかいかもしれないし、必要ないかもしれないけれど。

いまは私も、旺太郎に少しでもお返しがしたい。

「あっ、あの！　良かったら寄っていかない？　買ってくれた肉まん、一緒に食べよう？」

温かいお茶も淹《い》れるし、もらった林檎も剥くよ、と伝えたところで気がついた。また部屋へ上がってもらうには、再度この車をパーキングへ停めに行ってもらわないといけないのだ。

それに元彼の荷物がなくなったとはいえ、部屋は乱雑なままだし、落ち着いて軽い食事を……って状態ではないかもしれない。

私の格好だって、普段着より楽なやつだった。メイクだって、すっかり崩れているかも。

下を向いた瞬間、履いていたサンダルの先から、可愛いと思って買ったダルメシアン柄のもこもこ靴下が目に入って血の気が引いた。

旺太郎は有名化粧品メーカー『寿珠花』の副社長だ。職場柄、日頃から美しいメイクを施して、身綺麗にしているたくさんの女性を見慣れているはず。

いまの私はニットにジーンズ、サンダルに、靴下はダルメシアン柄。コンタクトを外した眼鏡姿で、髪も乱れてしまっているかも。

ダルメシアンに罪はないとしても、完璧に気の抜けた自分の格好や状態を忘れていた。

かたや旺太郎の姿は、誰に見られたって恥ずかしくない。いかにも上質なスーツにセンスのいい腕時計、顔面だっていつ会ってもパーフェクト。

腕捲りして、袋をトランクに積み込む姿だって、たくましかった。

「……はは、やっぱり――」

また改めて、と言葉を紡ごうとしたところを遮られた。

「い、いいのか？　また部屋に上がっても」

旺太郎の自信なく窺《うかが》うような小さな声。本当に？と目でも訴えてくる。

この人は、表情よりも目での感情表現が豊かだ。

「……すでに見たとは思うけど、散らかってても良かったら」

「車、もう一回停めに行ってくる」

即答だ。真顔だけど、嬉しそうだった。

思わず、可愛いなんてまた思ってしまった。

肉まんは冷めてしまっていたので、五つ大きな皿に移してレンジで温め直した。

それを、私は二個、旺太郎は三個食べた。

熱いお茶を淹れ直して、いただいた林檎も剥き始める。

大きくて真っ赤で艶々、まず半分に切ったら蜜もたっぷり。立派な林檎だ。

リビングで待っているのが暇だったのか、旺太郎はキッチンに来て、私の隣で林檎を剥く手元を熱心に見ている。

大きな体なのに、眼差しがまるで子供みたいで、聞いてみたくなった。

「旺太郎は、小さいときもお母さんの料理するところとか見てたタイプ？」

「……母親も父親も忙しくて家にいなかったし、母親が料理をするところを見たことがない」

いろんな理由があって、キッチンに立たない女性も珍しくない。

私だって料理は嫌いではないけれど、時間に余裕があるときにしか手間のかかるものは作らない。

「……そっか。じゃあ、昔の彼女さんとかが料理をするところを見るの、好きだったとか」

「……いままで誰とも付き合ったこととかない。誰かを好きになったこともないし」

んん？　冗談？　それとも本気の話？

でも、ふざけている声色ではない。

嘘でしょう？とは言えない雰囲気のまま、旺太郎の隣で林檎を剥き続ける。

人間をあまり信じられないと言っていたし、誰とも付き合わないのには理由があるのかもしれない。

好きになったこともない、というのは驚いた。

それを詳しく聞いていいのか判断に迷って、興味本位では良くないと思い、やめた。

しゃりしゃりと、丁寧に薄く皮を剥いていくと、甘酸っぱい爽やかな香りが広がる。

すごく美味しそう。

行儀が悪いけれど、剥いた林檎をひとくちサイズに切って、まずは隣の旺太郎の口元へ運んだ。

子供の頃、母親が果物を剥くのを見ているのが好きだった。

たまに母の指先から果物を口に入れてもらえるのが楽しみで、足元にまとわりついて叱られたりしたっけ。

林檎、夏みかん、キウイ。母から直接口に入れてもらう果物は、なんだか特別に美味しかった。

きっと、甘やかされていると実感できたからだろう。

旺太郎はびっくりした様子だったけど、すぐに目をそらしながらも、素直に小さく口を開けた。

「どう？　美味しい？　お行儀悪くてごめんね」

「……うん、うまい」

「私も味見しちゃおうっと」

自分でも、ひと欠片を口へ運ぶ。噛むとすぐに、甘い蜜と果汁があふれた。

結局、林檎の半分はキッチンで立ったままふたりで食べてしまった。

自分で林檎に手を伸ばさずに、私から口に入れてもらうのを無自覚に待つ旺太郎。

餌付けみたいだなと、内心面白くなってしまった。

一度肌を合わせたけれど、この夜はそういう性の匂いを不思議と感じなかった。

旺太郎が私を心配してくれている。

そのシンプルな理由のみで成り立った優しい夜の中で、私たちは友達に近い存在になっていた。

【来月末に親族を中心に、毎年恒例のパーティーがある。窮屈で面倒、そのうえ今年は親族がまた俺に縁談を持ち込もうと画策している。今度こそ諦めさせるために、パートナー役として一緒に出席して欲しい】

朝の通勤時間。駅のホームで、スマホでニュースをチェックしていると、旺太郎からメッセージが届いた。

追撃とばかりに、すぐに二通目が届く。

【報酬は寿司、フレンチ、焼肉。かかる準備、費用は全てこちら持ちで。俺の隣にいてくれるだけでいい簡単なお仕事ですが、現場はアットホームな雰囲気とはまったく無縁です。今回は爺さまが湯治で欠席のため、パーティーはすぐに終わると思う。俺も温泉に行きたかった】

隣にいるだけの簡単なお仕事、で済む訳がない。アットホームな雰囲気、ではないらしいし。

たくさんの人から、あの岸旺太郎の隣に立つに相応しいか、値踏みの集中砲火を浴びる。今度出る冬のボーナスを、自信を持って全額賭けてもいい。

でも、そのボーナスをもってしても入店をためらうほどの、あのお店のお寿司がまた食べられるチャンスだ。

一見さんお断り、世界的なグルメ本で星三つを獲得した有名店。寒ビラメにさわら、冬の旬のネタが瞬時に浮かぶ。

我ながら、美味しいものに目がないところがちょっと恥ずかしい。

【お寿司、フレンチ、焼肉、この中から選べるの？　寿司、お寿司でお願い。その依頼、承ります。詳しい日程を教えて】

お寿司のスタンプを、ひとつ押す。

素早く既読がついて、すぐにメッセージが返ってきた。

【助かる、ありがとう。寿司もフレンチも焼肉も全部連れていく】

電車が来るアナウンスが流れる。混雑した車内ではスマホを出したくないので、素早く返信を打ち込んだ。

【殺伐としたパーティー、想像ができなくて逆に楽しみになってきた。美味しいお寿司楽しみ】

【寿司、好きなんだな。了解。まちのその豪胆さには救われる】

返信を見て、スマホを鞄にしまう。そのままホームに滑り込んできた電車に、人の波に乗って乗り込んだ。

親族関係のパーティーだと知って一瞬やばいと思ったけれど、会長は湯治のため今回は欠席らしい。

ついに旺太郎に、恩返しができるチャンスがやってきた。

正直お寿司にもつられているけど、助けたいという気持ちは遥かに強い。

この機会をふいにしたら、旺太郎にお返しができることなんて私にはないかもしれない。

私を頼ってもらえて嬉しい。自分の秘密を守りたいけれど、旺太郎を助けたい気持ちがどんどん強くなる。

今回だけなら、少しだけなら、なんて言い訳を自分にする。

会長にさえ顔を見られなければ大丈夫。目立つことさえしなければ、身元がバレる心配はないだろう。

あれから元彼の荷物の保管料を何度も渡そうとしたけれど、受け取ってもらえなかった。

だけど、自宅のガレージだからといっても、他人の荷物を預かるのは嫌だろうに。

なら、旺太郎は私からのお金を突っぱねる。

なら、もうこの気持ちは労働で返すしかない。

その日の午後、さっそく詳しい日程が送られてきた。

そこに、当日ある女性の家を訪ねて欲しいとあった。

柏木《かしわぎ》ハルさん。旺太郎が中学生の頃まで、住み込みで働いていたお手伝いさんだという。

準備は彼女に任せたので大丈夫だという文面から、旺太郎にとってこの人は他人とは違うのだと感じた。

そのあとで何度か連絡を取り、食事をし、パーティーでどう行動したらいいのか打ち合わせをした。

とにかく対応は全て自分がするので、隣でニコニコしていてくれたら、と彼は言う。

「社交的にとか、しなくていいんだ」

「喋《しゃべ》りたい奴は、向こうが勝手に喋るから。それに適当に頷いてくれるだけで助かる」

「私は笑っているだけでいいのね」

「俺はいつも仏頂面だから、隣でまちが笑ってくれるだけで、今年は場の雰囲気が変わるかもな」

想像したら、嫌なパーティーもちょっと楽しみになってきたと、旺太郎が呟く。

所作は大丈夫だと太鼓判を押され、実家の母の厳しい躾《しつけ》に心の中でちょっとだけ感謝した。

旺太郎の両親への挨拶も、簡単なものでいいという。

「あのふたりは、お互いにも、ひとり息子の俺にも興味はないから」

そう言った旺太郎は、とっくに全てを諦めきったような目をして、私はなんにも言えなかった。


いよいよ当日。パーティーは夕方から開かれるので、準備のために午後に柏木さんのお宅へタクシーで伺う。

着いた先は、昔ながらの日本家屋だった。

美しく整えられた赤い蕾《つぼみ》をつけるカンツバキの生垣を回り、門扉まで来ると表札には【柏木】とあった。

「ここだ……」

身ひとつで来てくれればいい、支度が終わる頃に迎えに行くと言われている。

話はついていると言われても、知らない人のお宅に訪問するのは緊張するものだ。

手土産にと持ってきた、日持ちのする焼き菓子が入った紙袋を握る手にも力が入る。

呼び鈴を鳴らすと、奥の引き戸がカラリと開いた。

「月野木さん？」

そう言って玄関から小柄な女性がにこやかに出てきた。

穏やかな笑顔を浮かべている。その柔らかな雰囲気に、無意識に入っていた肩の力が抜けた。

歳は多分、六十代半ばか。結わえた髪に着物姿、姿勢の良さにこちらの気も引きしまる。

「こんにちは。初めまして、月野木です。今日はお世話になります」

手土産を渡し、ぺこりと頭を下げると、さあさあと迎え入れてくれた。

掃除の行き届いた広い和室に通される。

大きな姿見がふたつに、着物用のボディも二体。ほんの微かにした、樟脳《しょうのう》の懐かしい香りで気がついた。

「こちらは、もしかして着付けの教室なんですか？」

「ふふ、そんな大層なものじゃないのよ。知り合いとか、そのお嬢さんたちに趣味で教えているだけ。好きなのよ、お着物も、それを綺麗に着て喜ぶ人の顔も」

照れくさそうに微笑む。

「今日は、月野木さんをとびっきり可愛くしてくれって坊ちゃんに頼まれてるの。坊ちゃんが赤ん坊の頃からお世話させていただいてたけど、こんなお願いは初めてなのよ」

「旺太郎さんとは、友達なんです。今回は、あの……」

「事情は聞いてるわ。ごめんなさいね、月野木さんのことも、少しだけ……大変だったわね」

柏木さんは私の背中を労るようにさすってくれた。小さな手のひらなのに、何倍も大きく、そして励まそうとしてくれる気持ちが伝わってきた。

「今日はとびっきり綺麗にして、気分が上がるようにお手伝いさせてね。坊ちゃんが私に月野木さんのイメージを伝えてくれていたのだけど、予想以上に綺麗な人でびっくりしちゃった」

柏木さんは楽しそうに、隣の部屋へ繋がる襖《ふすま》を開けた。

そこには、着物用のハンガーラックにかけられた何枚もの着物が並んでいた。

「わ、すごい……綺麗！」

「いまの時期だと、くすんだ色や深い色が選べるのが素敵よね」

モミジに葡萄、桔梗《ききょう》の柄が秋の季節を演出している。

その中で、朽葉色《くちばいろ》に深い赤の差し色が入った振袖に目が奪われる。

桜に菊、竹や松、四季の草花の模様が華やかに描かれている。けれど、どこかクラシカルでいて品もいい。

「この振袖、紋様と草花の組み合わせが好きです。秋の日暮れの光と、生地の色の兼ね合いも良いかも」

「ええ、私も月野木さんに似合うと思う。坊ちゃんから聞いていたイメージで何枚か出してみたけど、これが一番だと思うわ。もしかして、着物に触れる機会が多かった？」

言葉に詰まる。着物は好きだし、おもてなしの心をあらわすひとつの方法だとも思っていた。

東京に来る前は、毎日自分で着付けていた。一度体で覚えたものはなかなか忘れることはないし、久しぶりに着物に触れたことで、うずうずしている。

その理由を、初対面の柏木さんに話していいのか。

「……着物は、母が日常的に着ていたので、私も妹も早くから着方を習っていました」

やっぱり言えなくて、本当のことだけど少しぼかして答えた。

実家の衣装部屋には大きな桐箪笥《きりだんす》があって、そこにはタトウ紙に包まれた着物が何枚も収まっていた。

あの何十枚もの着物の中には、季節や生き物、紋様の物語があった。

日々忙しくしていた母から本を読んでもらった記憶はないけれど、その着物姿からたくさんのお話を頭の中で想像していた。

置き去りにしてきた場所に、思いを馳せている場合じゃないのに。

私は頑張らなきゃ、ここでひとりでもしっかりしなきゃ。

割り切ったはずなのに、鼻の奥がツンと痛くなった。

「実家にいた頃は着る機会もあったんですが、こっちに出てきてからまったくで。だから今日はすごく嬉しいです」

「……そう、だからセンスもいいのね。こんなに若いお嬢さんのお世話をさせてもらうのは久しぶりで、腕が鳴っちゃうわ！」

柏木さんは私からなにか察したのか、その薄暗い空気を吹き飛ばすように明るく振る舞ってくれた。

着付けの前に、ヘアメイクを施してもらった。着物の印象的な柄に合わせて、目元も強調するようにアイライナーを若干太めに。口紅もこっくりとしたマットな赤で、柏木さんのメイクのセンスに思わず感嘆のため息を漏らしてしまった。

気分がどんどん上がっていく。

着付けも無事に終わる頃に、旺太郎が迎えに来てくれた。

柏木さんが呼び鈴に気づき出迎える前に、勝手に上がってきたところを見ると、何度も訪問している、気心の知れたおうちなんだろう。

声もかけずに襖を開けた旺太郎と、目が合う。

私たちは、お互いの格好を頭の先からつま先までじっくり見合った。

今日の旺太郎は、スリーピースの上質なスーツに身を包んでいる。スタイリッシュなブラウンのストライプ柄。胸ポケットのチーフも、スーツの色によく合っている。

髪も軽くセットしてあって、仕事のあとに会う感じとはまた違っていて、すごく格好いい。

柏木さんは、そばで「あらあら」なんて笑っている。

「どう？　ちゃんと旺太郎の、偽物彼女に見えるかな？」

自分にはなきに等しい可愛らしさを総動員して、にっこり微笑んでみた。

「……今日は、まちじゃなくてハルを連れていこう」

「はぁ？」

総動員した可愛らしさは、瞬時に解散した。

「坊ちゃん。言葉のチョイスを間違っていますよ。月野木さんがあまりにも綺麗で心配だから、皆さんに見せたくない、ですよね？」

柏木さんが、丁寧に旺太郎に聞く。その雰囲気は、さっきまでの穏やかさが影をひそめて迫力満点だ。

「あっ……はい。その通りだ……です」

しゅんとしおらしく、ワンコが叱られたようにおとなしくなってしまった。

「ふふ、いいよ。それなりには見えるよね？　こっちは柏木さんのおかげで完全武装できたから、いつでもかかってこいだよ」

ファイティングポーズを取ると、旺太郎が呆《あき》れたように呟く。

「いや、ケンカしに行く訳じゃないから」

「そう？」

「そんな綺麗な姿で、あいつらとケンカなんてもったいない」

眉を下げて、屈んで間近で顔を覗き込まれる。不意にドキッとしてしまい、かーっと顔が赤くなり、耳も熱くなる。

「……あ、そろそろ出ないとまずい」

腕時計をちらりと見て、旺太郎が私から離れる。ほっと息を吐いたところを、ニコニコした柏木さんに見られてしまった。

「坊ちゃん。月野木さんのエスコート、忘れちゃだめですよ」

「……わかってる。大丈夫」

旺太郎はまるで子供みたいに柏木さんに返事をすると、私の手を取った。

「じゃあ、行こう」

エスコートというより、ただ手を繋いでいるだけだ。だけど、それがいまは旺太郎らしいなと微笑ましくなる。

「では、行ってくる」

「柏木さん、お着物は近日中にお返しに来ます」

「月野木さんがケンカしないように、坊ちゃんはちゃんとそばで見ていないとだめですよ」

柏木さんの冗談に、旺太郎が珍しくちょっとだけ笑った。

ふたりで外へ出ると、陽は傾き、周辺をオレンジ色に染め上げていた。

カンツバキの生垣も、人影のない狭い道も、静かに西日に照らされている。

足元では散らされた枯れ葉が風でくるくると舞って、通り過ぎていく。それを目で追うと、優しい秋の色が集まった吹きだまりへと落ち着いたようだ。

そのとき、私の手を握る手が熱くなっていることに気づいた。

こんな熱い手のひらの温度、旺太郎から初めて感じた。

隣から見上げると、その表情はいつにも増して無になっていた。怖いような、本当になにも感じ取れない顔をしている。

ストレスで、体温が上がる話を聞いたことがある。熱を出す人もいるらしい。

いまから向かうパーティーは、面倒だという理由の他に、もっとなにかあるんだろう。

でも、今日は大丈夫だよ。頼りないかもしれないけど、ひとりじゃないんだから。

周囲を見渡して、この瞬間に人の気配がないことを確認する。

そうして、握られていた手をほどいた。

「……あ」

旺太郎が、心なしか残念そうな声を上げた。

私は両手を旺太郎に向かって広げる。

「旺太郎、景気づけにぎゅってしてあげるから。おいで」

いきなりの申し出に、旺太郎が目を丸くしている。

「……ここ、道路だぞ」

「ほら、いまなら誰もいないよ」

「着物、こんなに綺麗なのに、俺が力を入れたら崩してしまう」

「だから、私が旺太郎をぎゅってするんだよ」

いらない？と聞けば、旺太郎はおずおずと屈んで、私を空気でも包むようにそうっと抱きしめた。

そんな旺太郎を、私は力を込めて抱きしめ返す。

「……大丈夫だよ、今日は私がいるからね」

手を伸ばして、後ろ頭をよしよしと撫でる。されるがままになっているので、不快感はないみたいだ。

首筋も熱く感じる。微熱を出しているかもしれない。

けれど、今日のパーティーをこれから欠席するのは立場上難しいだろう。

「……まち、今日もいい匂いがする」

「そう？　お着物借りるから、香水はつけてこなかったんだよ」

「……いまは、落ち着く匂いがしてる」

「うん」

耳の後ろ、皮膚の薄いところに鼻先をくっつけられてくすぐったい。けど、旺太郎の気が少しでもまぎれるならいい。

好きな匂いは、気持ちを落ち着かせたりする効果がある。私もたまにアロマを焚いたり、入浴剤を使ったりする。

旺太郎にとってのそれは、どうやらいまは私の匂いらしい、という結論に至った。

この匂いが、この国宝級に格好いい人を、ちょっとだけ変にさせてしまうほど惹きつける理由がわからない。

私も、恥ずかしいのになぜ嗅がれるのを許せるのか……一緒に変になっちゃったのかな。

気軽に、好きなときに香りを楽しめないのが少し可哀想だなとは思う。

「俺はまちより年上なのに、こんなの、格好悪い。会ったときから、格好悪いところばっかり見せてる」

耳元で大きなため息をつくものだから、ついにくすぐったさに我慢ができず笑ってしまった。

「ふふっ、くすぐったい！」

抱きしめた大きな背中を、バシバシ叩く。すると、無言で鼻先をぐりぐり押しつけられた。

「格好悪くなんてないよ。できないことを素直に言ってくれるところ、旺太郎の格好いいところだよ」

「……そこだけ？」

「顔も体も、今日のスーツも格好いい」

抱きしめていた体を離す。

うん。さっきよりは、表情はマシになったかな。

初めて出会う前の誌面越しに抱いていたイメージとは、内面は違ったけれど、それもとても人間らしくていい。

この優しい人が、また人を信用できるようになって、穏やかに生きてくれますように。

「さ、パーティーをさっさと終わらせて、帰りにコーヒーでも飲んで帰ろ」

「……はは、そうだな」

くしゃっとした、子供みたいな顔で旺太郎が笑った。

初めて見るその笑い方は、私の胸を温かいもので満たした。

今年、岸一族が集まるパーティーは、都内の古い有名ホテルで開かれる。

会場に着いた頃にはすっかり陽は落ちて、夜を照らす明かりにあふれ始めていた。

予期せぬ渋滞に巻き込まれて、少し遅れての会場入りになってしまった。それでも旺太郎は慌てたりせず、誰かに連絡を取ると、決して私を急かしたりせずにいてくれる。

「俺がいなくても、パーティーなんて勝手に始まってる」

「毎年親族でパーティーなんて、やっぱりすごいね」

「昔からのしきたりなんだと。それなりに集まる意味はあるんだろうけど、コネクションョン目当ての部外者もまぎれていたりして正直面倒くさいんだ」

そんな会話を小さな声で交わしながら、豪華なエントランスを抜けて歩いていく。すれ違う女性が旺太郎にちらちらと熱のこもった眼差しを向けるのを、本人はまったく気にもしない。

「さ、私はボロを出さないように、気合い入れなくちゃ。ね？　旺太郎さん」

背筋を伸ばす。余裕のある、上品で慈愛のあふれる笑みを作って旺太郎に向ける。

「よろしく頼む。俺の新しい彼女さん」

そう囁いて、軽く私の肩を抱いた旺太郎も、また仕事モードに入ったような顔をしている。

「その顔も、格好いい」

「まちも、綺麗だよ」

目だけで笑い合い、進む先に見えてきた会場をふたりで目指した。

会場内に入った瞬間、集まった人たちの視線が一斉にこちらに向いた。

百人以上はゆうに集まっている、華やかな立食パーティーだ。

そっと視線を巡らせると、経済誌で見かける顔や、政治家の顔もあった。日本の経済界のトップに立つ上流階級の集まりだ。

隣にいる私を見て、こそこそと話をする人たちもいる。

この中には、今回の婚約破棄騒動を内心で面白がっている人もいるかもしれないのか。

私と同じくらいの歳の、綺麗な女性たちから睨まれる。

あれは誰だと、無遠慮な眼差しが矢のように降り注ぐ。

そりゃそうだ。天下の岸グループを率いる未来のトップが、直に連れてきた女性だ。

家柄、本人の資質、見た目や仕草、全てが値踏みの対象になっても仕方がない。

今日私がすることは、旺太郎の隣に立つのに相応しい恋人として周囲に存在を印象づけること。

いろいろ聞きたがる人の対応は、旺太郎がしてくれるというので任せた。

責任重大だ。こんな場所で、旺太郎に恥をかかせる訳にはいかない。

私は『昔』を思い出して、指の先まで神経を尖《とが》らせた。

旺太郎はまず、自分の両親へ挨拶に向かうと言った。その背中に、ついていく。

とりわけ大きな集まりになっている真ん中に、寿々花の社長がいた。

社長と話をするために、周囲を人が囲んでいる。社長は、旺太郎が声をかける前にこちらに気がついた。

シルバーグレーの髪。背も高く、雰囲気がある。

パッと旺太郎に向けて軽く片手を上げて、すぐにまた談笑の続きを始めた。

「社長への挨拶、終わり」

「びっくりした。いまので、終わり?」

「ああ、社長とは昨日も会社で顔を合わせているから。来たってことだけ知らせればいい」

あとは……と、旺太郎が会場を見渡す。

「……いまから、俺の母親のところへ挨拶に行く。あの人が冷たいのは、いまに始まったことじゃないから、どんな態度を取られても気にしないで欲しい」

そう言葉を紡ぐ旺太郎は、また無表情になってしまっている。

「うん。大丈夫。どんとこいだよ」

ここで再びファイティングポーズは取れないけれど、旺太郎を元気づけたくて明るく振る舞う。

旺太郎は、とにかく目立った。笑顔を振りまくタイプではないからこそ、目が離せないのだろう。一挙一動に注目が集まるのを、ひしひしと感じる。

またひとつ、ちょっとした集まりになっているグループがあった。そこは女性が多く、旺太郎が近づいていくと、わあっと小さな声が上がった。

その中心には、背が高く美しい着物姿の女性がいた。品と貫禄、そして美貌までも持ち合わせている。

五十代半ばだろうか。近寄りがたい、凛とした佇《たたず》まい。笑みを浮かべることもなく、私たちを見ている。

囲んでいた人たちが、一斉に道を空けてくれた。

「母さん、お久しぶりです」

旺太郎が挨拶をする。ふたりが並ぶと、旺太郎が母親似なのがよくわかる。特に、垂れた印象的な目元。そっくりだ。

「……そちらは？」

社長夫人は、旺太郎の挨拶には返事をせずに、私を誰かと尋ねた。その空気や会話だけで、冷えきってしまった親子関係を見た気がした。

「はい。俺がお付き合いさせていただいている、月野木さんです」

母親の態度にはもう慣れているとばかりに、流れるように旺太郎が私を紹介してくれた。

そのときの、私を少し振り返ったときの旺太郎の顔。寂しさが微かに滲む表情に、胸が痛くなった。

細く、息を吐く。

「初めまして。旺太郎さんとお付き合いをさせていただいている、月野木まちと申します」

ゆっくりと、姿勢に気をつけて両手を前で重ね、丁寧で美しいお辞儀をする。

薄氷を踏む思いだ。ぴりぴりと社長夫人からの強い視線を感じる。

だけど負ける気がしないのは、私なりに旺太郎を助けたいからだ。ケンカじゃないぞと、また旺太郎に言われちゃうかな。

そうして頭を上げて、気圧されずにまっすぐ社長夫人を見た。

多少は緊張していた。それが、さっきの旺太郎の顔を見て吹き飛んだ。

多分……旺太郎が今日一番会いたくなかったのは、この人なんだ。

一連の流れを見ていた周囲からは、ほうっと小さな声が上がる。夫人からの視線が、ふっと緩んだ。

「……そう」

社長夫人は私を一瞥《いちべつ》して、その場から去ってしまった。

残された周囲にいた女性たちも、そのうちに散り散りになる。

ふうっと、今度は大きく息を吐いた。

「……まち、お前すごいな」

「……違うよ。旺太郎のお母さんが、引いてくれたんだよ」

旺太郎は訳がわからない、という顔をしている。

多分だけど、夫人には私たちが即席の関係だってひと目でバレただろう。それでも、今回はなにも聞かずに引いてくれた。

「これで、ひとまずご両親への挨拶は終わったね」

「ああ」

ふたりして、とりあえずのミッションはクリアしたとほっとした瞬間だった。

「副社長、ちょっとよろしいでしょうか」

旺太郎を探していた、という感じで、男性が声をかけてきた。会話の雰囲気から、どうやら早急に対応しないといけない案件が発生したらしい。

「ごめん、少しの時間だけここから抜ける。どうする、ラウンジで待つか？」

パーティー会場にひとりで残るのはリスクが高い。下手に誰かに話しかけられてしまってボロを出すくらいなら、一時的にラウンジに行っていたほうがいいだろう。

「うん。メイクを直したら、ラウンジに向かうね」

「わかった、すぐに戻れるようにするから」

旺太郎が男性とふたりで、会場をあとにする。

じゃあ私も、一刻も早くここから抜け出さないと。

喋りかけたそうにする人たちに軽く会釈をしながらかわし、気を抜かずに会場の出入口を目指す。そこで、私の進路をひとりの中年男性が塞いだ。たまたまかと思い、避けようとしたところで声をかけられた。

「おい、お前」

敵意が込められた声。白髪交じりの髪に、赤い顔。よれよれのスーツが着崩れてしまっている。

「……私ですか？」

「そうだよ、お前だよ」

中年男性が、ぐっと距離を詰めてくる。酷いお酒の匂い。目だけがギラギラと血走っている。

「澄ました顔して、オレをバカにしやがって。お前もあの無愛想の金目当てなんだろう？　どこでたらし込んだんだ？」

声が次第に大きくなって、周囲の人たちもこの事態に気づき始めた。

なのに、誰ひとりとして止めようとせずに遠巻きに見ている。

よっぽどこの男性に関わりたくないのか、おろおろと心配そうにしながらも、どうしようといった空気が辺りを包んでいる。

「また結婚相手を探してやるって言ってるのに、無視しやがって！　しかも今日、お前を連れてきたのは、オレへのあてつけか！」

……この人、旺太郎に縁談話を押しつけてきた親族だ。

私が今日ここに来たのは、あてつけじゃなくて、これ以上そういう話を持ち込まれないための牽制《けんせい》だ。

そう思われても仕方がない部分もある。だけど、あんなことがあったあとでも次々に縁談を持ち込もうとするほうも、どうかしている。

それに、無愛想ってなんだ。旺太郎に対してのずいぶんな言いように、顔がひきつる。

カチンときた。絡んできたうえに、この場にいない旺太郎を大声で悪く言うのがものすごく頭にきてしまった。

「私はなにを言われても構いませんが、旺太郎さんを酷く言うのはやめてもらえませんか」

大きな声を出す人と、同じようにしたくない。

静かに、だけどしっかり聞こえるようにはっきりと言ってやった。怯《おび》えたところを見せたら、相手の思うつぼだ。

本当は怖い。知らない男性に大きな声で悪態をつかれて、声が震えそうだ。

だけど、岸グループの、岸旺太郎の恋人役としてここに来たなら、しっかりしなくちゃ。

旺太郎が不在で、ひとりでも。

「ああ？」

男性は、私が言い返してくるとは思わなかったのだろう。顔を歪めて凝視してくる。きっとこの人は意にそぐわぬことが起きるたびに、相手に大きな声を出して威嚇《いかく》してきたんだろう。

そんなのに、負かされたくない。

「大事な人なんです。悪く言わないでください」

もう一度、はっきりと言葉にした。

男性の血走った目に、怒りが滲む。私に掴みかかろうと、手が伸びてくる。

――殴られる……！

避けるには間に合わなそうで、身を固くしてぎゅっと目を閉じた。

騒ぎになってしまいそう。旺太郎、ごめん。

「きゃあっ！」と、私以外の誰かの悲鳴が聞こえて、全身を巡る血がさあっと冷えた気がした。

……覚悟していた痛みや衝撃がこない。

重いものが倒れた鈍い音がして、びくりとしてしまった。

そうっと目を開ける。大きな背中が、私をかばうように目の前にあった。

一瞬、旺太郎かと思ったけれど、スーツの色が違う。

「……うちの親戚がごめんね。大丈夫？」

振り返った男性が、申し訳なさそうに私に尋ねた。

すごいイケメンだ。キラキラと空間にエフェクトが出て、花びらまで舞っていそう。

「だ、大丈夫です。あの……その人は……」

「自分でつまずいて転んだんだよ。かなり酔ってるみたいだね、そのうち目を覚ますよ」

床に、私に掴みかかろうとしていた男性が倒れている。会場がざわめき、男性はあっという間にホテルのスタッフによって救護されながら退場していった。

気づくと騒ぎの中心になってしまっていた。イケメンにちゃんとお礼を伝えて、早くここから立ち去らなきゃ。

「あの、助けていただきありがとうございました」

深く頭を下げる。あの男性を親戚と言っていたから、この人も岸一族のひとりなのだろう。

すっと顔を上げると、イケメンは満面の笑みを浮かべて私を見つめている。

「こちらこそ。変な言いがかりをつけられちゃったね。周りにこれだけ人がいて、誰も助けに入らないなんて情けないよ」

辺りにいる人たちを、ぐるりと見渡す。人々は気まずそうに目をそらしていく。

そして。

「あの、つきのき旅館のお嬢さんになにかあったら、お爺さまが酷く悲しむからね」

とびっきりの甘い声で、私に本日最大級の爆弾をぽんっと渡してきた。

四章

【まちちゃんと一緒にラウンジにいるね】

仕事で至急確認したいことができたから、と秘書に声をかけられ、会場から抜けたあと。

一刻も早くまちのところへ戻りたい俺のスマホは、胸ポケットの中で目を疑うメッセージを受け取っていた。

まちをひとり残してきてしまったことが気になって、震えた瞬間に手に取り、開いてしまった。

「……まちちゃんと、いっしょに……らうんじに？」

「えっ、なんですか副社長」

「……あっ、いや、なんでもない」

動揺のあまり、メッセージを読み上げてしまっていた。

普段は俺と同じくらい喜怒哀楽の感情を表に出さない秘書が、手帳にメモを取る手を止めて俺を見ている。

三十代半ばの秘書の佐藤《さとう》と、俺。ふたりで並んでいるところを見た社長が、『まるで阿吽像《あうんぞう》だな』とぽつりと言ったことがあった。冗談なのかわからず、スルーしてしまったけれど。

「……ごめん。巽《たつみ》からメッセージが届いていたもんだから、思わず開いてしまった。あいつ、いつの間にか来てたのか」

「いえ、お気になさらずに……お連れさまがいらしたのに、パーティーの最中にお声がけしてしまって、すみません。巽さまの姿は私もお見かけしませんでした」

「いいんだ。身内のパーティーなんて言いながら、秘書課も出席させられて大変だろう」

来年出る新作の商品パッケージに一部デザインの差し替えが発生するかもしれない、至急確認を願いたいとデザイン部から連絡があったという。

会場からホテルのロビーへ移動し、佐藤が開いたノートパソコンで改案と前の案を見比べ、その理由と照らし合わせながら確認をした。改案で出してくれたもので進めるように、佐藤に告げる。

ついでに自分は会場へはもう戻らないので、折り返しの連絡をデザイン部へ入れたら、社に戻るか帰っていいとも伝えた。

頭が仕事モードから抜けると、今度はふつふつと焦燥感がわいてきた。

どうして、巽がまちと一緒にいるんだ。俺が会場から出たあと、なにかあったのか？

佐藤とはそのままロビーで別れる。

急ぎ足で向かったラウンジ。まちの隣で笑う巽と、いまにも逃げ出しそうにそわそわとする、まちの姿を発見した。

品が良く落ち着いたブラウンのインテリアを基調とした、夜のラウンジで、巽とまちの姿はやけに目立って見える。

年配の女性のグループが、まあまあと微笑ましくふたりを遠くから見守っているのに気づいた。見合いだと、勘違いをしているのかもしれない。

それにしても。おい、なんでソファーは対になっているのに、ふたりは並んで座っているんだ。

「お待たせ」

仕方なく、テーブルを挟んでふたりと向き合ったほうのソファーに座る。

すぐさま、まちは俺の顔を見て、なにか言いたげな眼差しを向けてきた。隣でその理由を知っているかのように、巽が心なしか嬉しそうにしている。

「おーちゃん、お疲れ様。まちちゃんからラウンジで待ち合わせてるって聞いて、僕も一緒に来たんだ」

「……巽、久しぶり」

そう声をかけると、巽は整った端正な顔でにっこりと笑ってみせた。

岸巽。俺のひとつ年上の従兄弟。

父親同士が兄弟で、本来なら長男である巽の父親が『寿々花』の跡取りになるはずだった。

けれど巽の父親は子供の頃からの夢だったという調香師になるために、大学を卒業すると突然渡仏してしまった。

しかし、爺さまはそれを予想していたかのように、次男だった俺の父親を自分の後釜に置いた。

フランスで生まれた巽も父親と同じ調香師になり、両親と一緒にパリに小さな香水の店を構えている。

すらりと背も高く、人に注目されても身構えることもない。穏やかで明るく、たまに驚く発言をするけれど、誰からも愛される素質を集めてできた男だ。

俺とは正反対。本来なら巽が跡取りになるはずだったのにと、昔は外野から陰で嫌味を言われたものだ。

俺は愛想は母親の腹の中に置いてきてしまったような子供だったから、可愛げがなかったんだろう。自分はあんな大人にはならないと強く思うくらいには、そんな言葉に傷ついていた。

巽が、まちをちらりと見る。

「巽、どうして、まちと一緒にいるんだ？」

単刀直入に聞く。

「旺太郎、あのっ――」

まちがはっとした様子で少し身を乗り出すと、隣にいる巽が軽く片手で止めた。

「……おーちゃん。彼女をひとりで残していったらだめじゃん」

巽の声のトーンが下がった。さっきまでのにこやかな表情を引っ込めて、冷たい視線を俺に向ける。

どうして、なんてその言葉の意味を頭で考える前に、不安が頭のてっぺんから突き抜けた。

焦りが、思わず声を冷たくしてしまう。

「もしかして、なにかあったのか？」

まちはびくりと肩を揺らし、叱られる子供みたいに身を固くした。

いつだって俺の言えないことを察してくれる瞳が、伏せられる。

「いや、怒ってるとかじゃないんだ。その、うまく言えなくて……」

感情を声色に乗せるのが苦手で、まちを恐縮させてしまう自分がもどかしい。

言い出せないままでいるまちの代わりに、巽が静かに説明を始めた。

「会場で、絡まれて殴られそうになったんだよ。ほら、おーちゃんに見合いの話を押しつけた親戚に。なんだっけ、名前が思い出せないや。それで、僕が不在のおーちゃんの代わりに対応に入らせてもらったんだ」

全身の血の気が引いた。

あのとき、まちをラウンジへ先に送ってやれば良かった。

会場にひとりで残さずに、連れ出せば良かった。

巽から聞かされたまちのピンチは、俺が招いたんだ。

「ケガは⁉」

今度は声が大きくなってしまい、巽にたしなめられた。

「落ち着いて。ケガはしていないよ。ただ、ショックは大きいと思う。またひとりにするのは危ないと思って、僕がここに勝手についてきたんだ」

吐いた息と一緒に全身から力が抜ける。自分の情けなさが背中からのしかかり、垂れた頭が上がらない。

「……大丈夫だよ、旺太郎。ちょっとだけ騒ぎになっちゃって……迷惑かけるかもしれない。ごめんなさい」

まちの謝罪の言葉に、勢い良く顔を上げる。

「違う、まちはまったく悪くない！　考えが至らなくて、危ない目に遭わせたのは俺だ。ごめん」

何度謝ったって、怖い思いをさせた事実は消えない。

誰も知り合いがいないあんな場所で、初対面の男に殴りかかられたら。想像するだけで、心臓がギリギリと握りつぶされそうに苦しい。

「……俺が最初から、あの見合いの話が出たときにはっきりと断れば良かったんだ。結婚をダシに先方から金でも借りてるのか、とんでもない嘘でもついてるのかを確かめるために……一度でも向こうと顔を合わせたことで調子に乗らせてしまった。岸グループのためでなく、自分の考えで断れば……」

自分の声が、情けなく小さくなっていく。

どれだけ謝罪の言葉を重ねても、起きたことの前では紙一枚の薄さよりも頼りない。

ただの言い訳、自己保身。

もし、巽がその場にいなかったらと考えると……息が止まりそうだ。

すると突然、まちが立ち上がった。

「まちちゃん？」

巽が慌てて声をかけている。まちは、俺を見下ろしている。

そうして、俺の隣へ座り、手を取った。

「また、熱くなってる……。私は平気、心配しないで。殴られそうになったけど、その人はすごく酔っていて先に自分で転んじゃったんだ」

まちの手の冷たさが、心地良く感じる。俺の手を握って、ぐっと力を入れたり抜いたりを繰り返す。

「私、本当にケガしてない。それに、ケンカしなかったよ？」

なんて、励ますように笑っておどける。

自分が一番怖い思いをしたのに。

気を遣わせてしまっているのがわかるから、余計に、なんて返したらいいのかわからない。

「まちちゃん、おーちゃんのことを悪く言われて『大事な人なんです。悪く言わないでください』って言いきってさ。格好良かったんだよ？　勇姿が見られなくて残念だったね」

巽が得意気に、声色まで真似る。

予想外の展開だった。

「本当か……？」

「わ、岸さん！　やだ、言わないでください！」

赤くなって焦るまちの横顔を見て、やっと大きく息が吸える気がした。

「だって、旺太郎が悪く言われるのは我慢できないよ。あっ、ほら、私たち……っ、付き合ってるし？」

ね！と、まちが俺に強く同意を求めてくる。

こっそりアイコンタクトをぱちぱちと俺に送ってくるまちに、巽は優しい眼差しを向けている。

これは……。巽のやたらと勘がいいところを思い出す。

バレているのか、俺たちのこと。

巽がまちに向ける視線。普段は女性には紳士的な巽が、初対面のまちには妙に馴れ馴れしい。

なにか、理由があるはずだ。

こんなときなのに、嫉妬に似た気持ちが胸に芽生えそうになる。

まちの恋人は俺なんだ。今夜だけの芝居なのに、独占欲まで出てきてしまう。

巽に牽制したい。子供じみた考えまで出てきた。

「……ああ、そうだな。こんなに愛されて、俺は幸せ者だ」

するっと出た言葉に、内心、自分自身で驚いた。

愛されて幸せだなんて、その場しのぎでも初めて自然に心に浮かんだ。それを、口にするのももちろん初めてで。

戸惑い、脳内に疑問符が重なり、雪崩《なだれ》を起こす。

大事に思えて、握られたままの手に、俺からも力を込めた。

細く白い指。つるりとした長過ぎない爪。自分よりも小さいまちの手。

初めてできた、格好悪いところも見せられる友達。

「ありがとう。まちにそう思ってもらえて嬉しい。危ない目に遭わせてしまって、本当にごめん」

埋まった疑問符から頭を出して息を吸い、気持ちをそのまま伝える。

するとなんだか、いつもより自分の表情が柔らかくなった気がするから不思議だ。

「……そ、その顔は反則だよぉ」

わいてきた温かな気持ちが、自分の内側を満たしていくのを感じる。

このまま時間が止まってくれたらいいのに。

そのうちに、頬をさらに赤くしたまちが手を引っ込めようとするから、逃がすまいと指を絡める。

「そんなに変な顔をしてるか？　酷い？　自分じゃわからないんだ。教えて」

まちの顔を覗き込む。

意識してくれるのが嬉しいのと、もしかして本当に変な顔だったらと、不安が半々だ。

「……下がったワンコの耳が見える。私にだけだけど」

「みみ？」

空いたほうの手で自分の頭を触っても、犬の耳なんて当たり前だけどない。

「おーちゃんて、そんなに甘えんぼだったっけ？」

いい雰囲気だったのに、向かいから不機嫌を隠さない巽の横やりが入った。

この様子だと、確実にバレているな。

「まちに、そうさせられちゃったみたいだ。俺の彼女が魅力的で、申し訳ない」

巽を見たまま、まちの手を引き寄せて甲に口づける。

「……旺太郎、元気になったかと思ったらこんな場所で！」

隣で、まちが声を上げる。

巽の瞳の奥が、チリッと炎を灯したように揺らめいた。

「おーちゃんからの、宣戦布告ってやつ？」

「宣戦布告もなにも、俺たちはこういう関係だ。だけど、俺のせいで危険な目に遭ったまちを助けてくれて……ありがとう」

巽に頭を下げる。

「なに言ってんの、女の子が危ないときに助けるのは人として当たり前。それに『こういう関係』って、おーちゃんが嘘をつくときの特徴が出てるよ。鼻の頭が赤くなってる」

とっさに鼻を指でこすると、巽はにんまり笑って「嘘だよ」と勝ち誇った顔をした。

俺たちの嘘が見抜かれていると伝えると、まちは目を丸くして、へなりと体から力を抜いた。

そうして繋いでいた手をパッと離したと思ったら、勢い良くバシッと背中を叩かれた。

「恥ずかしい、岸さんの前で一生懸命に演技しちゃってたよ……！」

背筋を伸ばして、乱れた佇まいを照れて直している。

「恋人じゃないけど、まちは大事だと思える友達だ」

「人嫌いのおーちゃんから、初めて友達を紹介された……ちょっと感動してる。じゃあ、改めて。旺太郎くんの従兄弟の、岸巽です。歳はおーちゃんのひとつ上だよ」

巽がすっと右手を差し出す。

まちからも手を伸ばし、軽く握手をする。

「……あの」

まちが声を上げたけれど、そこから続いた言葉は自己紹介とは違っていた。

「どうして、私のことを知っていたんですか？」

最初にふたりの姿を見つけたときとは違い、まちは落ち着いていた。

静かな声だった。腹をくくった決意のようなものも感じる。

俺もそれが気になった、と声を上げようとして止めた。

まちの目はまっすぐに巽に向けられ、また巽もその眼差しを黙ったままで受け止めている。

ふたりを包む空気が特別なものに変わろうとしているのがわかって、再び胸が重く痛み始めた。

「教えてもいいけど……おーちゃんにまだ自分から言ってないんじゃないの？　知ってたら、まちちゃんを今夜ここに連れてはこなかったでしょ」

「……旺太郎には今回の騒ぎで迷惑をかけてしまったので、今夜自分の話をしないとと思っています。ただ、岸さんが私を知っているのが……それがどうしてもわからなくて」

――どこまで知っているんですか？

ラウンジに流れるクラシックも、客の話し声も遠くなる。

ただ、まちのその言葉が頭の中の水面にぽたりと落ちて、波紋になって広がっていく。

巽はなにを知っている？　俺は、まちのなにを知らないんだ？

まちは、なにに怯えているんだ。

巽は細く息を吐いた。

「僕がまちちゃんを知っている理由は、まちちゃんの実家……つきのき旅館に一度泊まったことがあるからだよ」

『つきのき旅館』と聞いて、一瞬耳を疑った。

つきのき旅館といえば、日本でも有数の老舗温泉旅館で、あまりにも有名だ。本館と別館があり、特に文化財に指定された本館の宿泊は紹介制で、国の要人や限られた人間だけが利用できる。別館だってそれなりに敷居が高く、とても気軽に宿泊できるところではない。

名だたる画家や文豪に愛されていたというし、官僚が国の行く末を話し合う場は霞《かすみ》が関《せき》ではなく、つきのきだという冗談まであるほどだ。

そしてつきのきは名湯でも有名で、爺さまが気に入って湯治といっては泊まりに行って贔屓《ひいき》にしている。

いま、爺さまがいるのが、まさにその『つきのき旅館』だ。

「僕が二十歳になる前、祖父がお祝いにと、つきのき旅館に連れていってくれたんだ。本館の庭で女将さんが、ちょうど学校から帰ってきた君を遠くに見つけてね。あの子が将来ここの女将になりますって、祖父に話をしていたんだ。まちちゃんはセーラー服を着ていて、高校生だった」

「……思い出した、その温泉旅館って」

いつか、その名を爺さまから聞かされたことがある。

「そう、せっかく爺ちゃんが僕たちを誘ってくれたのに。おーちゃんの人間嫌いがさらに酷くなって、行かないって断ったんだよね。僕、おーちゃんとの旅行を楽しみにしてたのに」

確かに、爺さまが一度、巽と俺を温泉旅行に誘ってくれたことがあった。

俺はその頃、通っていた大学の交友関係で失意のどん底にいて、とても温泉旅行に行く気になれず断ってしまった。

「そのときに、まちちゃんを一度見かけたきりだよ。印象的な可愛さだったなぁ。仲良くしたかったんだけど、そのあと帰るまでにまた会うことはできなかったんだ」

巽が懐かしむように語る。

もし。もしあのとき、俺も一緒に行っていたら。

俺もまちの姿を見ることができたかもしれなかったのか。

「……ふふ。岸さんて、女性にいつもそういう感じなんですか？」

ぴんと糸を張ったような雰囲気が、まちの小さな笑い声でほころび始める。

「まさか！　ただ、女性が笑ってくれると嬉しいんだ。笑ったら、今度は僕だけのために怒った顔も見てみたい。そういう男だってだけ」

自然にウインクしてみせる巽の人心掌握術には恐れ入る。

あれ？　だけど、ならどうして。

疑問が浮かび、口を開こうとしたとき。

巽が俺を、目線だけで『だめ』と制した。

「だから……まちちゃんがいまこっちにいる理由は、僕は知らないから安心して」

巽は最後の部分を特に優しげな声で、まちに伝えた。

しばしの沈黙。

そうして、まちは頭を小さく下げた。

「……ごめんなさい。変な聞き方をしてしまいました」

『ならどうして、女将になるはずのまちが東京で暮らしてるんだ？』

さっき、口から出かかった言葉を、巽に制してもらって良かった。

これはまちが抱える問題で、俺たちが簡単に聞いてはいけないことなのだろう。

巽はそれを察していた。

言って欲しかったと思う気持ちと、察せなかった自分がはたして力になれる問題なのか、という気持ちがせめぎ合う。

まちにとって、俺が頼れる男にはなれていないということを、突きつけられた気がした。

「謝ることなんてないよ。僕は今夜、ここでまた再会できて嬉しかった。だけど、まちちゃんの実家のことを皆の前で言ってしまって……ごめん」
今度は、巽が頭を下げた。まちは立ち上がりそうなほど慌てて、頭を上げてくださ
い、と必死に繰り返す。
「いいんです。旺太郎を助けたくてこのパーティーに出席するって決めたんです。多
少のリスクは覚悟していました」
「それでも……」
「いえ。そうしてもらえて良かったです。あの親戚の方も、もう旺太郎にお見合いの
話を持ってくることは……きっとない……ですよね？」
まちは、俺と巽の顔を不安そうに交互に見る。
仮にも俺の恋人があのつきのき旅館の娘と知った以上、もう見合いの話を持ってこ
ようとする人間はいないだろう。
それほど影響力があることを、まちもわかっているようだ。
「まち……ごめんな」
俺の安易な誘いで、まちがきっと隠していたかったであろうことを晒してしまった。
謝っても、もうこの話は人づてに一気に広がるだろう。
「だから、いいんだって。お寿司三回で手を打つんだからさ、すごく楽しみにしてる

んだよ？　あっ、これは先に言っておかなきゃなんだけど……いまの私に実家に泊まりたいとか、紹介して欲しいって人がいても、どうにもできないからお断りをお願いします……よろしくね！」

まちは沈んでしまった場の空気を変えようと、明るく振る舞ってくれる。

その強さ、しなやかさに、心が震えた。


ホテルに残るという巽と別れ、まちを車で部屋へ送る。

すっかり冬の空気に入れ替わった夜の空には、磨りガラスを通して見たような星が光って見える。

乗り込んだときには息が白く見えるほど冷えた車内の空気は、次第に暖まり、やわらいでいく。

「腹、減ってないか？」

「ううん。平気。柏木さんにお借りした着物に、万が一シミでも作ったら大変だもん。家に帰ってからなにか食べるよ」

「クリーニング代なら、出すのに」

「そういう問題じゃないの。こんな素敵な着物にもしシミを作ったら、クリーニングで落ちるってわかってても自分を許せないんだよね」

帯をつぶさないようにと、まちは行きも帰りも後部座席を選んで乗っている。せっかくなら隣に乗って欲しかったけれど、着物だとそうもいかないらしい。

バックミラーで、ときたまこっそりとまちを見ると、ぼんやりと視線を夜の街に向けている。

いまなら。

いまなら、自分の身に起きたあの話ができると思う。

ハンドルを握る手に力が入り、ギッと張られた本革が小さく悲鳴を上げた。

「……以前、俺が人嫌いだって話をしただろ」

静かな車内に、自分の声が落ちて、消える。

「うん？」

後部座席から、突然の話題に驚いたように聞こえる声が返ってきた。

「……子供の頃から、人見知りが激しかったんだ。両親はお互いに関心がないように暮らしていたし、だから余計にどんな顔をしてそこにいたらいいのかわからなかった。気が向いたときに頭を撫でられるくらいで、可愛がられた記憶もあまりない。いらないなら、俺を捨てればいいのにと思いながら育った」

ただまっすぐに前を見て、昔の子供だった自分と向き合う。

クリスマスを間近に控えて賑わいを見せる街は、夜の暗闇を忘れてしまったようにまばゆい。

誰もが当たり前に、幸せを与え、また享受できる。想いのこもったプレゼントに甘いケーキ、ハグのぬくもり……そんな夢。

目の前に広がる、非現実的なイルミネーションの風景は、寂しい記憶を思い出すにはちょうどいいと思った。

あれも、いつか忘れる夢みたいなものだと思えるから。

「子供の俺はなにもわからず、対処のしようもなかった。愛して欲しいと無邪気に足元にじゃれつけるほどの器用さも持ち合わせていなかったし。ハルがずっとそばにいて、そんな俺を育ててくれたんだ」

「……住み込みで、旺太郎の家で働いていらしたって言ってたね」

俺の話を遮らない、柔らかなまちの声だ。

そのまま、話を続ける。

「ハルは一線を引きながらも、惜しみなく愛情をくれたと思う。気の毒に思っていたのかもしれないな。だけどそれも、俺にとっては貴重なものだった」

自分の存在意義を見失った子供にとって、目線を合わせ、手を取り、話を聞いてくれるハルの存在は心の拠りどころだった。

寂しい記憶に押しつぶされて消えないように、大事に胸に刻んだ、ハルがくれた思い出だ。

「……高校に進学する頃に両親は家を出ていき、ハルも住み込みから短時間だけの通いになった。ハルの親の介護が始まったんだ。ハルは俺のことを心配して、ときどきハルの実家で夕飯をとるようにって声をかけてくれて」

「そうか、だから旺太郎は柏木さんの家にも慣れてたんだね」

「ああ。ハルの母親はたまに、俺を自分の孫のひとりだと勘違いしてさ。礼儀作法に厳しくて叱られもしたけど、帰りには果物やお菓子を持たせてやれってハルに言うんだ。ハルも朝飯用にっておにぎりを握ってくれたりして、ここが本当に自分の家だったら……なんて、こっそり思ったりもした」

夜の道を、制服のまま自転車で走る。食べ物がたくさん入った紙袋が、自転車のカゴの中、段差で跳ねる光景をいまでも覚えている。

ひとりの暗い家に帰ったとき、まだ温かいおにぎりが冷めていくのが無性に寂しくて嫌で、腹いっぱいなのに無理やり食べた。

「結局、元の性格なんだろうな。友達もずっと作れなかった。だけど大学に進学したときに、ちょっと変わったふたつ年上の先輩に出会ったんだ……俺が先輩の弟に性格が似てるって言って、絡んできてさ」

ぎこちなく交わした挨拶、そのときの風景、うわずった自分の気持ちを、いまも恐ろしく鮮明に覚えている。

「最初は驚いてうまく会話ができなかったんだけど、無理しなくていいって笑ってくれた。それから、ふたりでの釣りやキャンプに誘われるようになって……俺も楽しかった。そうしているうちに……先輩から付き合っている彼女を紹介されたんだ」

その姿を思い出すだけで、息が詰まる。

ここからの内容を、まちに話すことを一瞬ためらって無言になってしまった。

「旺太郎がいましたくない話なら、続きは今度でも」

続きを口にしない俺に、まちは気を遣ってくれる。俺はいつもその優しさに甘えてばかりだ。

だけど、俺もまちと対等でいたい。

だから、いままで誰にも言えなかった自分の話をしたいと思ったんだ。

「いや……、この話はまちに聞いて欲しいんだ。慰めて欲しい訳でもなくて……ずっと抱えてきたものを、友達のまちにも知って欲しくて」

俺の友達は、荷が重いか?なんて聞くと、まちは笑った。

落ち着くために、胸に詰まった息を吐く。

「……あるとき先輩の彼女に、先輩もあとから合流するって飲み会に誘われた。俺は未成年だから酒は飲めないけど……すっかり先輩と打ち解けた気持ちでいたから、彼女には悪いけど先輩と会えると思って行ったんだ。そうしたらなぜか彼女と、その女友達しかいなくて。すすめられた烏龍《ウーロン》茶を飲んでからの記憶がまったくなくて……目が覚めたら、先輩の彼女の部屋で……裸だったんだ」

ためらったら、二度とまちに言えなくなりそうで。押し出すように、一気に言葉にした。

いまでも悪夢を見るほど覚えている。

白い天井と、頭の横に置かれた大きなぬいぐるみ。

知らない部屋の匂い。意識がクリアになり、血の気が引く感覚。

隣で剥き出しの肩をさすりながら、裸で微笑む先輩の彼女の顔。

『岸くん、好きだよ』と囁く甘ったるい声。

「彼女が呼んだのか、察したのか。そのタイミングで先輩が怒鳴り込んできたんだ。

俺は身に覚えがないとはいえ、この状況に反論ができなかった。彼女は俺に気持ちが移ったと先輩に謝るだけで、状況は完全に俺が悪くなっていた」

「え……だって、なんか変じゃない？　烏龍茶を口にして記憶をなくすって……！」

「そうなんだよな。でも当時の俺はわからなかった。先輩は、裏切られた、この話を週刊誌にリークするって出ていった。それからすぐに、先輩の彼女から『妊娠したかもしれないから責任を取って欲しい』と言われたんだ」

先の信号が青から黄色に変わり、ブレーキをゆっくり踏む。

停止した車内には、微かにエンジン音が聞こえる。

静かだ。

世界から、この車だけが抜け出たように感じる。

「……それから、どうなったの」

窺う小さな声に、再び口を開く。

「先輩は本当に週刊誌にリークした。寿珠花の将来の跡取りが、未成年のうちに乱れた生活なんて……まあ面白い話題かもしれないよな。それで、週刊誌から裏取りされた時点で情報が入って、うちの法務部も動いたんだ。俺も何度も覚えていることを話させられた」

父とも、話をした。自分の子供が社交的ではないのを知っているからか、なにをしているんだなんて、一方的に責められることはなかった。

「そうして事が大きくなって、彼女の友達のひとりが耐えきれずにうちの顧問弁護士のひとりに告白をした」

「……なんて、言ったの？」

信号が青に変わり、アクセルをゆっくり踏み込む。

「頼まれて……常用していた強めの睡眠薬を先輩の彼女に渡したって言ったんだ。既成事実をでっち上げて俺にうまく乗り換えるからと、友人たちに協力をあおいだらしい。目立つ人だったから、逆らえなかったって……」

自己保身のために睡眠薬を渡してしまったけれど、まさかこんな大事になるとは思っていなかったようだ。

罪悪感はあったが、彼女がうまくやるだろうとあえて考えずにいたと言った。

「……妊娠も嘘だった。睡眠薬のせいで深く眠り込んだ俺のモノはちっともたたなかった、残念だったって後日話をしていたっていうんだ」

街を抜けて、まちの部屋があるアパートの近くまで来ていた。

そろそろ、この話もおしまいにしないといけない。

「あとは法務部が処理するからと言われて……そのあと、先輩も、その彼女も大学から消えて、記事が雑誌に掲載されることはなかった。俺は自分の迂闊さを呪ったし、先輩も俺に出会わなければ……不幸にならなかったんだ。先輩はなんで……俺のことなんか、放っておけば良かったのになぁ」

過去に戻れるなら。

俺はもう、先輩の優しい声には答えない。

「それからは、俺は誰とも深く付き合うのはやめた。もう誰も不幸にしたくない……人嫌いなんじゃなくて、臆病なんだよ。人の信じ方がわからなくなったままなんだ。妊娠したって言われたときも、ただ怖いと思ってしまった。責任感だけで、子供と彼女を愛せるかわからなかったんだ」

「だって、旺太郎は騙されたんだよ！　そう思ったって仕方がないじゃん！　それに、意識がなくて自分じゃ判断ができない状態で、体を触られるなんて……つら過ぎる」

まちの言葉に、あの頃の俺が救われた気がした。

どう体を触られたのか、見られたのか。思い出すたびに嫌悪感にさいなまれ続けた。先輩を傷つけてしまったことも、あの場で誤解を解けなくて、結果先輩が消えてしまったことも、ずっと後悔している。

「……うん。ありがとうな。でも、それでもう自分には、友達も恋人も家族も、子供も望めないものだってわかった。あの、怖いって強く感じたものが……忘れられないんだ。俺も両親のように、自分の子供を愛してやれないのかもしれない」

ここまで本音を声に出したのは初めてだ。

胸の奥で腐り続ける思い出に、向き合ったのも久しぶりだ。

「ただ、最近、奇跡的に友達に恵まれたんだ。いまそれを離したくなくて、自分が子供みたいにバタバタしているのがくすぐったくて……正直照れくさいのに楽しい」

まちのアパートの下へ、車を停める。

うまく言葉にできたかはわからないけれど、伝えたいことは言えたと思う。

情けない男だと、がっかりされたかもしれない。いま、まちの顔を見るのは、結構勇気がいるな。

心の準備をしてから振り返ると、まちが目元をごしごしとこすっていた。

それから、強い眼差しで俺をとらえる。

「その友達からの提案なんだけど……コーヒー淹れるから上がっていきなよ。私も、自分のことをちゃんと旺太郎に話したいよ」

俺はその、まちの言いようにほっとして小さく笑う。肩の力が、ようやく抜けた。

「いや、今夜は遠慮するよ。まちに自分の話ができて、なんだかすっきりしてるんだ。自分の気持ちを話すって、難しいけど……いいものなんだな。それに、まちのことは、さっきラウンジで聞けたから。いま無理に俺に合わせなくていい。これから少しずつ教えていって欲しいから」

さっきまであんなに、まちを知る巽を羨ましく思っていた気持ちは薄くなっていた。これから知っていけばいいんだと思うと、ざわざわしていた気持ちも落ち着いていく。

後部座席から、まちが身を乗り出す。

「……旺太郎は、いまは楽しい？」

潤む瞳が間近で、きらめく。

俺はこの瞳には嘘がつけない。

「うん。まちと出会ってから、自分の変化に驚くばっかりだ。こんな話をするのも……まちの匂いが好きなのも……どうしちゃったんだろうな。いつもこの辺りが、そわそわ騒がしい」

心臓のあるほうの胸に、手をあててみせる。

「いまは、いつもよりずっと気分がいい。情けない過去の話だけど、まちに知ってもらえて……ちょっとだけほっとしてる」

まちへ向ける自分の顔が、自然に笑みを作るのがわかった。

愛想笑いでも無理やりでもない。手をあてた心臓の辺りから、じんわりと力がわいて頬が緩んだ。

「……ふふ、旺太郎は、ほんとに私のことが好きなんだねぇ」

まちが、本当に嬉しそうに笑う。その顔は困ったようにも見えるけど、細められた目元がとても可愛らしいと感じたそのとき。

ドキッと、強く心臓が跳ねた。

ドキドキドキドキ……と、続けて激しく鼓動を打つ。

暖房は適温なのに、額に汗が浮いてきた。

まちを見る自分の緩んだ顔が、どんどん熱くなる。胸にあてた手で、シャツごと心臓を掴みでもしないと、この激しい鼓動は止まらなそうだ。

なんだ、これ。どうしたんだ。

すき……好きって……。

「俺がまちを、す……スキ？」

その『私のことが好き』という言葉が耳から飛び込んできて、心臓に火をつけた。

頭の整理が追いつかなくて、語彙力が真っ先に犠牲となった。

「……えっ、うわ！　私、かなり調子に乗ったこと言っちゃった。旺太郎のこと話してもらえて、友達って言われて浮かれちゃってるのかな……はは」

まちは、両手を自分の頬にあてて……照れている。

本気で照れているのが、すごく伝わってくる。

すると今度は片手で口元を押さえて、もう片方の手を俺の前に伸ばして視線を遮ろうとした。

「見ないで、ごめん、ほんとに調子に乗りました！」

後部座席でわあわあと、俺の視線から逃れるためにあっちこっちを向いて騒ぐまちを見て、唐突に理解した。

胸の中のいつだって暗かった海に、気づけば静かに白い月は昇っていた。

黒い波間が、淡く青い光に照らされている。

いままで見えなかったものが、うっすらと輪郭をあらわし始めた。

不安だけど、なにも見えなかったときよりずっといい。

優しく、柔らかく照らされた自分は、思ったよりも……嫌いじゃない。

自分の内側が変わる瞬間を自覚させられる。

まちは、大事な友達だ。
友達と呼べる存在だけど。
――ひとりの女性としても……俺はまちを好きになっているんだ。
「はつこい……」
犠牲になった語彙力が最後に絞り出した言葉を、心のままに口にする。
すると、まちは「意地悪しないで～！」と、とうとう後ろを向いてしまった。

五章

汗をかきながら惚《ほう》けた顔をしていたのに、ふざけて『はつこい』なんて言葉を口にした旺太郎は、それはもう楽しいことを初めて見つけたようなキラキラの目をしていた。

純粋で可愛くて、それがキュンを通り越して、心臓を鷲掴みにされてしまった。

旺太郎に見られている自分が恥ずかしくて、ドキドキが止まらない。

この高鳴り方は、まずいんじゃないか。

だって旺太郎が好きなのは『私の匂い』であって、『私自身』ではないのだ。

『はつこい』の恋とは、違う。

そう気づいたときに、私はものすごく素直にがっかりしてしまった。

いろいろあった岸一族のパーティーが終わり、クリスマスを仕事にかまけていたら、世間は一気に年末年始ムードに突入していた。

この間までクリスマスムードだったスーパーも、すっかりお正月を迎えるための商品に入れ替わっている。

新年を迎える用意ができていない私の現状を、気高いお琴のＢＧＭが妙に焦らせる。大掃除、今年はいいや。やらなくても死にはしない。元旦を過ぎれば罪悪感も薄れるだろう。

バタバタと仕事を納め、新年まであと数日を残した今日。スーパーはいつもより混雑していた。

みんなカートにのせたカゴいっぱいに、美味しそうな食材を入れている。誰かをもてなすためだろう。食材を吟味する姿は楽しそうだ。

上京して数年経っても、この空気にはまだ少し慣れないところがある。理由があってもう気軽には実家に帰れない身としては、慌ただしくて賑やかなお正月準備の風景が懐かしく感じてしまうのだ。

なら家に引きこもっていればいいのだけれど、私は霞《かすみ》を食べて生きる仙人ではない。お米に魚、ついでに甘いデザートやつまめるチーズを好きにカゴに入れていく。年末年始は、もう家から極力出ないと決めた。なら、そのぶんの食糧の備蓄が必要だ。

年越し蕎麦用だろう、やたら積まれた蕎麦の袋を手に取ったとき、ふと旺太郎を思い出した。

「……大晦日《おおみそか》、旺太郎はどうするんだろう」

ご両親の顔を思い出すけれど、親子水入らずで過ごす……訳ないか。

柏木さんのお宅へ行ったりするのかな。でも、どうなんだろう。もしかしたら私と同じで、ひとりで過ごすのかな。

そんなことを思案している最中にも、次々と蕎麦が売れていく。

いくつもまとめて手に取られていくのを見て、えいやっ！と勢いでふたつ蕎麦をカゴに入れてしまった。


帰宅し、買い込んだ食材を冷蔵庫に入れると、ちょっとした達成感を得られた。

小腹がすいて買ったメロンパンを持って、ソファーに寝転ぶ。

少しするとエアコンでやっと部屋が暖まり始めて、ほっとひと息つけた。

パンをかじりながら、ぼうっと天井のシーリングライトを眺めていると、カバーからぼんやり透けて見える小さなゴミを見つけた。

ほこりかな、もしかして、カバーの隙間から侵入した羽虫の死骸かも。

「大掃除、いまから始めようかなぁ」

テーブルをどかして、折り畳みの脚立を出して……いまからかぁ。見なかったことにしちゃおうか。

春にはこの部屋の更新がある。元彼との思い出があるぶん、引っ越しをして心機一転したい気持ちも最近出てきた。

不動産屋勤めの友人に連絡を取って、いい部屋が見つかったら、そのときに一気に掃除しようか。

外はあんなに賑わっていたのに、この部屋はいつも静かだ。

冷蔵庫だけはいつもより食材を詰めたせいか、庫内を冷やすために微かにモーター音を立てている。

あの年末特有のスーパーのわいわいとした盛況な雰囲気にあてられたとはいえ、さすがに買い過ぎたかもしれない。

徒歩圏内とはいえ、二キロのお米も入ってパンパンのエコバッグふたつの重さはえげつなかった。

まだ腕がぶるぶる震えている気がして、じっと自分の手を眺めてみたりする。

蕎麦をふたりぶん手にしたことがきっかけになって、旺太郎を招く前提でスーパー内をさらに二周もしてしまった。勝手に旺太郎の喜ぶ顔を想像して買い物するのは、めちゃくちゃ楽しかった。

『大晦日、もし予定がなかったらお蕎麦でも食べにおいでよ』って連絡、してみようかな。

そのつもりで勝手に買い物してきたけれど、いざ誘うのは……いまさらなんだか照れくさい。

予定があるかもしれない、忙しい人だから。

でも予定があってもいい。旺太郎がひとりで過ごすよりはずっといい。

予定のない私は、確か去年もひとりだったことをこのタイミングで思い出してしまった。

元彼は仕事なんて言っていたけれど、あとから地元に帰っていたと知った。

自分のことを私にはあまり喋らなかった元彼の、私の知らない地元とやら。

嘘をつかずに言って欲しかった。連れていって欲しかったなんて、思ったって口にはしなかったのに。

去年の自分を、いまは可哀想に思う。

元彼には、まったく未練はない。

なのに最後に捨て駒のような扱いを受けて、自分の存在意義について考え始めて……悲しくなって慌ててやめた。

鞄からスマホを取り出す。トークアプリを開いて、さっき頭に浮かんだ文面のまま打ち込んだ。

「……送信……っと。うー、緊張してきた」

馴れ馴れし過ぎたかもしれない。でも、友達だって言ってくれたから勇気が出せた。

嫌なことを思い出したから、楽しくなりそうな予定で埋めたい。

大晦日、もし旺太郎と一緒に過ごせたら……この気持ちをはっきり自覚してしまうんだろう。

でも、明確な好意は伝えられない。

旺太郎は友達以上の関係を、『怖い』とはっきり言っていた。

過去にあんな酷い目に遭った心の傷を思うと、『好き』だなんて一方的に気持ちを押しつけることはできない。

私まで、彼を傷つけたくない。いつまでも旺太郎の『安全地帯』でいてあげたい。

だから旺太郎のためならまた偽物彼女の役だってするし、なんだってしたい。

あげたい、したいって、一見献身的に見えるけど、結局は私のエゴなのだろうな。

「あーあ……」

物語のヒロインなら、きっと傷ついたヒーローを放っておかない。少し強引なことをしてヒーローに『おせっかい』なんて疎まれながらも、次第に『おもしれーオンナ』とか言われて心を通わせていくんだ。

スマホ広告に流れるそういう漫画のお試し読みから、つい続きが読みたくなって課金することもしばしばある。

ただ、ヒーローの気持ちを二の次にした強引な『おせっかい』シーンは、ちょっとだけ苦手で薄目になってしまう。

だから私はヒロインになれない。なれても、負けヒロインだ。

『おもしれーオンナ力』が足りないのかもしれないな。

つまらないオンナの私は、いつかおもしれーオンナに旺太郎が惹かれていくのをそばで見るはめになるんだろうか。

そうなら、私はヒロインよりも信頼される負けヒロインになるしかない。

ふたりの邪魔だってわかるけど、万が一また旺太郎が傷つけられたらと考えると……心配で、そばを離れられない。

「いっそもう、旺太郎が誰にも出会わないように、この部屋に閉じ込めちゃうか」

無理だな。ゴリラみたいな美しく完璧な体躯の旺太郎を閉じ込めるには、もっと丈夫な部屋じゃなくちゃ。

私と旺太郎、ふたりきり、1LDKのデストピア。

うっかり闇堕ちルートに思考が爆走しているとき、スマホが鳴った。

トークアプリのメッセージではなく、旺太郎からの直接の着信だった。

「わっ、電話とか、心の準備がっ！」

焦りながらも、慌てて通話ボタンをタップする。

「もっ、もしもし？」

『まち？　いま大丈夫か？』

「うん、平気。ちょっとゴリラの腕力のことを考えたところだったから、びっくりした～！」

思考がバレてるのかと思って焦ったよ。

『ゴリラの腕力？　確か、ヒグマくらいはあるって聞いたことあるけど。あっ、三十一日、大晦日、行きたい。用事があって会社から向かうけど、蕎麦って夜……でいいんだよな？』

疲れた声、気になる。

「夜のつもりだったけど、お昼のほうが都合がいい？　無理しなくていいよ、大晦日じゃなくても……」

『いや、昼は難しいから、夜にしてもらえると嬉しい。絶対行くから』

「わかった、夜、待ってるね。気を遣わないで手ぶらで来てね」

そう伝えると、電話の向こうで旺太郎がふっと笑う。そして、通話は終わった。

ヒグマか。閉じ込めるのはさらに絶望的になった。

私はシーリングライトを再び見上げて、いまから大掃除をする決意を固めた。


大晦日。時刻は二十時を過ぎた頃。

寒風とともに、げっそりと疲れてやつれた顔の旺太郎が我が家にやってきた。うっすらと目元にクマまで浮いている。

玄関を開けて迎えると、コートを着てマフラーも手袋もしているのに、鼻は寒さで真っ赤になっている。

「寒かったでしょ？　コインパーキングから歩いてきたんだもんね。今日は特に冷える夜だって天気予報で言ってたよ」

「いつものパーキング、今夜は県外ナンバーの車でいっぱいで、もっと離れたところに停めてきたんだ」

「あー！　きっとこの辺りに帰省してる人が停めてるんだ！　ごめん、全然気づかなかった。鼻が真っ赤。すっと高いから余計に風にあたっちゃったのかな」

パーキングの件、完全にその辺を失念していた。

「……冷たくて、鼻の感覚だけがない……」

そう言っていきなり耳元に冷たくなった鼻先をくっつけられて、ひえっ！と身震いしてしまった。

私が騒ぐほど、ぐりぐりとこすりつけられる。

あんまり近いと、騒ぐ心臓と表情に気づかれちゃうよ！

狭い玄関の中でふざけているうちに、旺太郎の鼻は感覚を取り戻したみたいだ。

暖めた部屋に上がってもらう。コートと小物と鞄を預かって、暖房があたるソファーに座ってもらった。

手ぶらでいいって言ったのに、やっぱりというか、手提げの白い箱をお土産だと渡してくれた。

「これって、ケーキ？」

珍しい、窓つきの箱だ。そこからカラフルなフルーツや綺麗な生クリームの絞りが見える。

「うん。選べなくて、いろいろ詰めてもらった。まちの好きなのが、あるといいんだけど」

「嬉しい！　ご飯食べたらさ、ケーキも食べよう」

冷蔵庫に入れておくね、と受け取ってから、こんな大きな箱を入れるスペースが庫内にないと気づいた。

スペースを作るために、缶ビールの六缶パックを庫内から手に取りベランダへ向かう。

「この寒さの中、ベランダで飲むのか？」

「いいね、興味ある」

カラカラと戸を開けると、ぴゅうっと冷たい風が頬をかすめた。

これは寒い。こんな中、歩かせてしまったことを申し訳なく思う。

そして、この気温ならビールもここで冷え続けるだろうともくろむ。キンキンでもちょい冷えでも、ビールはビールだ。美味しくいただける。

フル稼働しているエアコンの室外機の上にビールを一時避難させると、窓のそばまで来た旺太郎が眉を寄せて、摩訶不思議《まかふしぎ》な生き物でも見るように私を見守っていた。

大きな海老天をのせたお蕎麦に、鶏肉と根菜たっぷりの煮しめ、お刺身の盛り合わせをテーブルに並べる。

「ご飯も炊いたし、天ぷらだけ食べたかったら揚げるから。実は餃子《ぎょうざ》も焼くだけの状態でスタンバイしてるんだ」

誰かのために料理を作るのが楽しくて、さすがに作り過ぎた自覚はある。

「まち、料理うまいんだな」

「あはは、そういうのって食べてから言うんじゃない？　見た目だけだったらどうするの。さ、冷めないうちに食べてたべて」

割り箸を渡すと、旺太郎はさっそく蕎麦のお椀を手に取った。

気にしないふりをしながら、内心は気に入ってもらえるか緊張している。

「……うん、はー……うまい」

しみじみ言ってくれるので、嬉しくなる。

「良かったぁ、お口に合ったようでなによりです。いっぱい食べてね、お茶も淹れるから」

顔がニヤけてしまいそうなところを、ぐっと堪えた。

つけていたテレビ番組は、年越しを目前にして盛り上がっている。各地に中継が入り、早くもお参りにやってきた人たちにインタビューのマイクを向けている。

お腹いっぱいになった私たちは、テーブルの空いた食器を片付けて、まったりとテレビを眺める。

「休みの日って、なにしてるの？」

「庭に出てみたり、動画配信サイトでキャンプの動画見たりしてる。あと植物に水をやったり」

「あれ、おうちってマンションとかじゃないんだ」

「ああ、爺さまが若い頃に建てた一軒家だよ。古い洋館だから、常にメンテナンスとリフォームの繰り返しで……いまは鎧戸《よろいど》の調子が悪いから、年が明けたら業者を呼ぶ予定だ」

「いいなぁ、建築学科出身としては興味ある！　将来、年季の入った実家の役に立つかと思ったのが動機だけど、すっかりそういう世界が好きになっちゃった」

「まち、建築学科出てるのか。じゃあ、今度遊びに来て。古いけど味のある家だから。そうしたら庭の端で焚き火してマシュマロ焼こうぜ。あれ一回やってみたいんだ、キャンプ動画でたまに見るやつ」

「庭で焚き火なんてしたら、火事だって勘違いで通報されちゃうと思うよ」

「……世知辛いなぁ」

旺太郎に私と実家のこと、話したいと思いながらも、いまは野暮な気がして一旦考えるのをやめる。

暖かくて、お腹が満ちていて、バラエティ番組を眺めながら世間話をする。

思った以上に楽しくて穏やかな時間だ。

だけど疲れからか、旺太郎の目はとろんとして、いまにも閉じてしまいそうだ。

タレ目がさらに下がって見えて、可愛い。

可愛いけど、だからっていつまでも眺めている訳にはいかない。畳んであったブランケットを手に取ったけれど、体の大きな旺太郎には明らかに足りなそうだ。

今日も会社から、うちに来たんだもんなぁ。

「あっちの部屋にお布団敷くから、少し眠っていきなよ」

「……ん、大丈夫」

そう返事する旺太郎は、もう目を開いていない。

このあと用事があるとも言っていなかったし、数時間、仮眠を取っても問題はないだろう。

私はそっと立ち上がって、寝室に来客用の布団を敷きに向かった。暗い寝室の、私のベッドの下に布団を準備する。

不思議な気持ちだ。

旺太郎とは一度肌を合わせている訳だから、そういうことを意識しない、と言ったら嘘になる。

もしも、なんて不埒《ふらち》なことが何度も頭によぎる。

でも、いまは眠ってもらいたい。休息を取って欲しい。

ぐるりと寝室を見渡して、特に見られたら困るものがないかチェックする。

寝室は極力物を置かないようにしている。白とベージュで寝具とカーテンの色をまとめ、サイドテーブルには小さな明かりを灯すランプだけ。

元彼の荷物が片付いたぶん、かなりすっきりした。

ベッドの半分を占領しているぬいぐるみの頭を撫でて、旺太郎を呼びに行く。

リビングへ戻ると、旺太郎は完全に座ったまま眠ってしまっていた。

「旺太郎、おーちゃん、起きて」

隣に座り、肩を軽く叩く。完全には寝入っていなかったのか、私の呼びかけにすぐに目を開けた。

「ごめん……寝てた」

「いいよ、あっちにお布団用意したから行こ？　ジャケットは皺になっちゃうから、脱いでいこうね。ネクタイも取っちゃえ」

私の言葉に素直に従い、気だるげにジャケットを脱ぎ始める。ネクタイを緩める姿は色っぽくて、いけないと思いつつまじまじと見てしまった。

「疲れてそうだね、少しは休めてる？」

私の質問に、旺太郎は無言で首を左右に振る。

「……いま、新しい香水の開発が始まりそうなんだけど……こう……うまく意見が出せなくて精神的に結構まいってるんだ」

ネクタイを抜き取って、旺太郎はため息を小さくついた。

「そんなに難しいテーマか、なにかがあるの？」

「テーマというか、まち、香水ってどこにつける？」

「どこって、私は手首とか、耳の後ろとか」

聞く話だと、脇腹や、空中にシュッと吹きかけた中にくぐる、という楽しみ方もあるという。

「……ランジェリーパフュームって、知ってる？」

「ランジェリーパフューム？」

「下着につけて楽しむ香水なんだ。いま、下着メーカーとコラボして、それをファッション雑誌で特集するって企画が立ち上がってるんだ……まだ内緒なんだけどな」

旺太郎は、もごもごと、まだなにか言いたそうにしている。

「それで、あの、女性社員からは『下着の雰囲気に合った香りを選んだら気分が上がりそう』とか、建設的な意見が出るんだ。でも、俺は自分のパンツに香水をつけるっていまいちぴんとこなくて。そうしたら、もし彼女がつけていたら、どんな香りがセクシーだと思いますかって……ぶっちゃけ、ムラムラするかって話なんだけど」

「ムラムラ……」

「まぁ、彼女の下着の匂いを近くで嗅ぐ機会って、セックスするときだよな。そんなの、この間初めてした俺にはハードルが高い質問で……」

んん？　いま、ものすごいことをサラッと言わなかった？

初めてとは。いや、いままで聞いた話からは、お付き合いした女性はいなかったみたいだけど。

初めて……！　うわ、なんだかものすごく嬉しい。いまならゴリラでもヒグマでも、捕まえられる気がする。

旺太郎は、自分が結構な発言をしていることには気づかないままだ。

「そ、それ、どうしたの」

「こう、真面目な顔を作って」

キリッとした表情を作っている。

「プライベートなことなので……って、乗りきろうとしたら、企画部長にちゃんと発言しろって怒られた」

誤魔化そうとして怒られる旺太郎を想像すると、可笑しくて仕方がない。

こういうところが、この人の可愛いところだ。

「秘書からは、彼女さんにお願いしてみてください、なんて言われるし……」

なんて言ってちらっと、頬を染めて私を見てくる。

旺太郎は、自分の顔の良さをわかっている。そしていま、明らかに私の庇護欲《ひごよく》をガンガンに刺激してくる表情をしている。

でっかいワンコの、困った顔。実際、旺太郎は目の下にクマまで作るほど困っているのだけど。

「私がその顔に弱いの知ってて、やってるでしょ」

「そんなことない。いや、いいんだ……自分のパンツで試してみるよ。こんなこと、いくら友達だからって、まちに頼める訳ないよな……」

また、ちらっと私を見る。今度は、同情を引く芝居がかったセリフまで言ってるし。

そりゃそうだ。確かに、友達からこんな頼みをされても即お断り案件だ。

だけど、悩むほど困っている様子に、私の悪い癖が出てしまう。

放っておけない。ちょっと嗅がせるだけ。一度肌を合わせてしまっていることが、判断基準のハードルを低くしている。

それにこんな風に、旺太郎が心を開いておねだりしてくれるのがたまらない。

「それって、香水をつけた自分のパンツを嗅いでムラムラするか、旺太郎自身で試してみるってこと？」

少し、意地悪く言ってみる。

しばしの沈黙のあと、旺太郎は眉を下げた。

「……やっぱり、やだなぁ」

お互いに顔を見合わせて、大笑いする。

大晦日にして、今年一番笑ったかもしれない。そして、そんな旺太郎の姿も初めて見た。

「あはは、はー……笑った笑った。いいよ、香水つけるよ。ただ、下着ってブラジャーでもいいんだよね？」

根負けだ。でも、ブラジャーがギリギリの妥協点だ。

「本当に？　無理してないか？　助かるけど……」

「じゃあ、自分のパンツ使う？」

「やだ。まちのがいい」

即答だ。

「ひとつ交換条件ね。布団敷いたから、休んで欲しいの。その間に香水はつけておくから、起きたら確認して。香水って、とりあえず自分のでいい？」

「あっ！　あのな、別にこの流れをわざと作ろうとした訳じゃないんだ。ただ、この香りは、まちに似合うんじゃないかって思って」

そう言って、自分の鞄をごそごそして、綺麗に包装された小さな箱を取り出した。

「クリスマス、なにも贈れなかったろ。女性にこうやって改めてプレゼントを選ぶのは初めてで……手前味噌《てまえみそ》だけど、今年のも自信作だから。つけてもらえたら、嬉しい」

そっと差し出される。

受け取ってもいいのかな、なんて躊躇したら、手を取られて乗せられた。

「これって、もらっちゃってもいいの？」

「大晦日になっちゃったけど、クリスマスプレゼント。プレゼントって、友達にも贈ったりするものなんだろ？　だから、まちにあげたかったんだ」

開けて欲しいと急かされて、高級感のある艶消し加工がされた白い箱から瓶を取り出す。

「すごい、綺麗……！　寿珠花のクリスマス限定の香水だ」

ころんと手のひらに収まる、小ぶりなサイズ。

薄く丸いピンク色のガラス瓶を覆うようにして、繊細で精巧な金の細工が施されている。

よく見ると、細工は花や葉を形作っていて、まるでさっきまでみずみずしく咲いていたような生気さえ感じる。

明かりにかざして傾けると、その金色の花びらがきらりと光の雫《しずく》を浮かべた。

手のひらの中に、自分だけの特別な花咲くテラリウムでもあるようだ。

このデザイン、雑誌でも取り上げられた今年の新作で、例年以上に争奪戦が激化したという超人気の香水だ。

「瓶はチェコにある、ヤブロネッツというガラスが有名な街の工房で作ってもらってるんだ。人の手で作っているから、毎年数がそんなに確保できない。それに採算度外視だから、うちのこの香水はクリスマスにしか出せないんだ」

この細工、大量生産は難しいだろう。そのぶんお値段もなかなかだけど、寿珠花のクリスマス限定の香水はその瓶の姿も美しく、コレクターが多い。

「こんなすごいの、何回も言うけど、もらっちゃっていいの？」

「瓶も綺麗だけど、中身も最高だからな。ここぞとばかりにいろいろ挑戦してる」

手のひらの香水が、とぷりと揺れて主張する。

緑が春に備えて眠る冬の季節に、私の手の中には花園がある。

「ありがとう！　へへ、すごく嬉しい……大事にするね」

旺太郎にお礼を伝えると、照れくさそうにはにかんだ。

私はその顔を見て、ちくりと胸が痛んだ。やっぱりひとりの男性として好きだなって、思ってしまったから。

私の気持ちのほうは勘違いじゃないんだって、改めてわかってしまった。

布団を用意した寝室へ案内すると、まず私のベッドのヌシにびっくりしたようだ。

以前、旺太郎に『持っている』と教えたオオサンショウウオのぬいぐるみだ。

百七十センチはあるから、私より大きい。最初はその大きさや容姿に驚いていたけれど、ふわふわで暖かいので旺太郎の布団に入れてあげた。

それを断れずに戸惑う表情も、抱いてみてとすすめたオオサンショウウオを抱きしめた表情も、手元にスマホがないことを悔やむほど可愛かった。

一時間したら起きる、なんてアラームをセットしていたけど、起きられるかな。

香水をつけたら風呂には入らず待っていてくれ、と念押しされてしまった。それは旺太郎の趣味で？と聞きたいのを我慢する。

寝室をあとにして、リビングへ戻る。

さっきもらった香水を眺めて、服の下から、つけているブラジャーに向けてひと吹きしてみた。

とたんに、ふわりと広がるジャスミンやローズの華やかで正統派なフローラルの香りが鼻をくすぐる。

「……好きな香りだ」

最近は石鹸や柔軟剤のパウダリー系の香りが流行っているけど、このずっしりとした優雅な香りは本当に私を特別にしてくれそう。

この香りが、時間経過とともにどう変化していくんだろう。

ランジェリーパフュームとは違うけれど、『どう感じたか』はわかるはずだ。

あと一時間したら、旺太郎が起きてくる。

そうしたら……。

自分から引き受けたことなのに、変な想像をしてぼっと全身が熱くなってしまった。

「汗かいても、起きてくるまでお風呂に入れないのに」

熱を冷ますために慌ててベランダに出ると、ひやりとした空気が身を包んだ。冷たいサンダルが足の裏を冷やして気持ちいい。

「平常心、平常心……」

そう呟いても、旺太郎を思うとなかなか熱は冷めない。

そんな私の目に、室外機の上に避難させたビールの六缶パックが出番とばかりに飛び込んできた。


旺太郎が起きてきたのは、きっちり一時間経ってからだった。

私がどんどん緊張して、しまいには二本目の缶ビールに手を伸ばしそうになっていたところだった。

寝室からリビングへ戻ってきた旺太郎の腕には、しっかりとオオサンショウウオが抱かれている。

「……おはよう。オオサンショウウオは、置いてきても良かったんだよ」

そう声をかけると、前髪をぴょこんと跳ねさせた旺太郎は、さらに腕に力を込めた。

「まちの匂いがするから、離しがたくて……」

「毎晩一緒に寝る相棒だからね。ベッドの半分は占領されちゃうけど、安心できたでしょ」

旺太郎は私の話を聞きながらも、すんとオオサンショウウオのぬいぐるみの匂いを嗅ぐ。

そのままソファーまで来て座り、自分のそばにぬいぐるみを置いた。

「ふふ、前髪跳ねてるよ」

「これ、寝るといつも跳ねるんだ。癖なのかな、毎朝格闘してる」

「ちょっとは眠れた？」

「うん……あっという間に寝落ちしてた」

クマが消えた訳ではないけど、少しは休めたようで安心した。

そのまま朝まで寝ていきなよって、泊まっていけばって、言えたらいいんだけど。

旺太郎が男で、私が女で。しかも一度寝ちゃってからの友情の構築中なので、こじらせないようにその辺りは慎重にいきたい。

「その……つけた？」

旺太郎が小さな声で、私に尋ねる。

「つけたよ。正統派で重厚な香りだね、ドレスに着替えた気分になれる」

旺太郎の隣に座ると、その喉がごくりと息を呑んだのがわかった。

「……あんまり、時間かけないでね。やっぱり恥ずかしいし」

「うん」

ここで躊躇して手が止まると、照れが爆発して、『やっぱりなしで！』と自分が叫ぶのがわかるから、勢いでぐっといってしまいたい。

「俺がめくったほうがいい？」

「じ、自分でやる……！」

着ているハイネックセーターのすそを掴んで、じりじりと引き上げていく。

旺太郎がそれを、じっと見ている。

あっ、拳をぎゅっと握ってる。もしかして、私に触れないように我慢しているのかな。

紳士だ。いまから私のブラジャーの匂いを嗅ぐんだけど。

……うう、やっぱり、二本目の缶ビール飲んでおけば良かった！

セーターを胸元まで上げた。そっぽを向いて恥ずかしさに耐えようと思ったけれど、旺太郎がどんな顔をしているのかのほうがずっと気になる。

私も相当赤い顔をしているだろうけど、旺太郎の顔を見ていようと決めた。

あっ、ちょっと口開けてる。

目が、ぐんって私の胸元に引き寄せられたのがわかる。

じり、じりって、視線で焦がされちゃいそう。

「……これで、役に立てそう？」

気まずい沈黙に耐えかねて声をかける。

目線が胸から私の顔に移る。

「だっ、大丈夫。俺からは、まちには絶対に触らないから。それに、不快だと思ったらすぐに言ってくれ。では、よろしくお願いします」

旺太郎は試合でも申し込むかのごとく、深々と頭を下げた。

「こちらこそ、よろしくお願いします……？」

私もつられて、疑問形で返事をしながら頭を下げる。

拳をぎゅっと握ったまま、顔だけを私の胸元に近づけてくる。旺太郎の動きに合わせて、ギシッと安いソファーが音を立てた。

「……っ！」

旺太郎の前髪が、さらりと肌をくすぐる。肌が熱を持ち出して、体温が上がったのか、私の鼻にも香水の香りが届く。

「……こういう感じなのか……これはかなり……」

旺太郎が、熱に浮かされたように呟く。

頭の中で、理性を総動員させる。そうしないと、こっちから旺太郎を押し倒してしまいそうだ。

旺太郎とのセックスの気持ち良さを知っている体は、そわそわと理性を裏切り、謀《む》反《ほん》をくわだてようとする。

薄い皮膚の上を這《は》う、熱くて大きな手のひらの温度を覚えている。

腕を回した広い背中も、すがるように何度も合わせられた唇の柔らかさも覚えている。

あれが、旺太郎にとって初めてだったなんて。

これが生殺し。旺太郎は目の前にいるのに！

負けるな私の理性！　ゴリラもヒグマも私を羽交い絞めにして止めて！

奥歯を噛みしめて、自分の欲と戦う。

気をまぎらわそうと身じろぎをすると、胸の柔らかな肉が旺太郎の高い鼻に触れてしまった。

「わっ、ごめん！　じっとしてなきゃだよねっ」

「……いや、まったく構わない。むしろラッキーだ」

「ラッキーって……」

「このまま、舐めたくなってきた」

掠れた声がしたあと、べろりと温かい舌が胸に這ったことで、私がびっくりしてセーターを強引に下ろし強制終了となった。

「ほんっとうに、ごめん！　あまりにもそそられて、舐めたいなって……純粋に行動に移してしまった」

「舐めたら、時と場合によってはセックスが始まっちゃうんだよ。つまり、舐めたいって思ったのは匂いでムラムラしたってことじゃない？　旺太郎がさっき感じたパッションを、そのままコラボレーションのために役立ててください。楽しみにしてるからね！」

動揺のあまり、早口で一気にまくし立てた。

旺太郎は再度キリッとした顔を作って、私にとんでもない提案をしてきた。

「……まち、そのブラジャーを言い値で譲ってくれないか？　もっといろいろ感じ取れそうな気がするんだ……それに正直、もう嗅げないなんてつらい。まちの匂いと、開発した香水が重なったとき……試行錯誤して落ち込んだり、社長や企画部長から意見をせっつかれたりしてつらかった記憶と疲れが、頭の中からじわ～っと消えていった」

絶対に私からこのブラジャーを剥ぎ取ろうと、目がギラギラしている。

「ちょっ、無理だって。やだよ、友達に下着売るなんて、絶対に嫌！」

「ひとりのときにしか嗅がないから。約束する。俺に癒しアイテムを売ると思って！」

「それ、絵面がやば過ぎるって！　それに、恥ずかしいんだってば！」

「……だめ？」

出た、好みど真ん中の可愛い顔！

「その顔面国宝を、必殺技みたいに使って……！」

強烈な必殺技に、頷きそうになるのをぐっと堪える。

そのとき、私の目にでっかいオオサンショウウオが飛び込んだ。

「私の匂いがすればいいんだよね？」

「うん」

「……なら、少しの間貸してあげるよ」

「ブラジャーを？」

「違う、オオサンショウウオ！」

可愛い相棒を貸し出すのは寂しいけれど、友達に下着を売るより百倍いい。

旺太郎はそれを聞いて、「マジか！」とオオサンショウウオを抱きしめた。


日付が変わる頃。

真夜中に、旺太郎は帰っていった。

でっかいオオサンショウウオと、明日食べる用に、とおかずを詰めた保存容器が入った袋を提げて。

旺太郎に抱えられたオオサンショウウオの黒くて丸い瞳が、まるで『サヨナラ』なんて言っているみたいに見えた。

サヨナラじゃないよ、少しの間、旺太郎の家に行くだけだよ。

私は除夜の鐘を聞きながら、遠ざかる旺太郎の背中とオオサンショウウオを玄関から見送り、寂しくなってしまった。

しょんぼり部屋へ戻ると、スマホがメッセージを受けて鳴っていた。

メッセージアプリを開く。

そこには年が明けた祝いの文言と、近いうちに食事に行こうという、岸さんからのお誘いのメッセージがあった。

六章

静かな正月が終わり、仕事も始まった。

世間は長い休みを終え、またいつもの生活のペースに戻りつつある。

休日のこの日。昼過ぎに起きたあと。

熱いコーヒーを淹れたマグカップとオオサンショウウオのぬいぐるみを持って、自宅の端に繋がるコンサバトリーへ向かう。

ガラスで囲まれたこの建物は、この洋館と一緒に作られたものだ。十二畳ほどのスペース、白い骨組みの他は屋根も壁面も全てガラスで作られている。

コンサバトリーとは、昔のイギリスで温室として作られたもので、ビニールが入手困難だった時代に木製の枠とガラスで作ったものが始まりらしい。

さすがガーデニングの国だけある。そこからお茶も飲めるようにと、家の一部として繋げたようだ。

ここからは、この庭の四季の全てが見える。

空から散る桜の花びら。力強くまばゆい太陽の光。思いのほか華やかな枯れ葉の色に、キンッと凍ったような澄んだ空。

定期的に入る庭師のおかげで、ここから見える景色はほぼ俺が子供の頃のままだ。

ここは植物が好きだった婆さまのために、結婚したときに爺さまが建てた家だ。

庭は四季折々の花があふれ、そこで笑う若い頃の婆さまの写真を見たことがある。

だけど婆さまが病気で早くに死に、爺さまは思い出が残るこの家にいられなくなって出ていった。

出ていったとはいえ、思い出があると言われれば、勝手に庭を片付ける訳にはいかない。

なのでだいぶ植物の数は減ってしまったけれど、なるたけ昔の面影が残るように業者に手入れを頼んでいる。

爺さまは長いことこの家には帰ってきていないけれど、いつか、きっと一度くらいは心が変わる日がくるかもしれない。

その一度のために、俺はここで暮らし、家を守っている。

コンサバトリーには、アンティークのソファーとテーブル、小さな本棚。それにいくつかの大きな植物の鉢が置いてある。

婆さまの血か、俺も植物はわりと好きなほうだ。ただ、手入れしてやれる時間があまり取れないので、丈夫で室内で育てられるものに限ってしまう。

植物にとってもこのコンサバトリーは居心地がいいのか、大きく育った無口な同居人は今日も光合成にいそしんでいる。

俺も、この変わった場所が昔から好きだ。エアコンも床暖房も完備なので、いっそ自室をこっちに移したいくらいだ。

オオサンショウウオのぬいぐるみだって、きっと自室のベッドの上よりこっちのほうが気に入るだろう。

まちの匂いがするのもあったけれど、いまはこのぬいぐるみをすっかり気に入ってしまった。寝るときには必ず同じベッドで、ちょうど抱き枕のようで具合がいい。

それに、憎めない顔をしている。一匹で自室に残していくのが忍びなくて、いまではコンサバトリーでも一緒に過ごしている。

外の気温は昼のいまでも一桁らしいけど、ここはガラスを通して差し込む日差しと暖房のおかげで寒さを感じない。

コーヒーをテーブルに置き、ぬいぐるみを抱えてソファーに腰かける。

大晦日の夜、帰り際にまちがぬいぐるみに香水をひと吹きしてくれた。

『さっきの匂い、忘れそうになったらぬいぐるみを嗅げば思い出すかも』

そう言われたけれど、やっぱり本物には敵わない。

脳みそがじんわり痺《しび》れるような、甘くて優しくて胸の辺りがぎゅうっとする匂い。

うっかり触れた鼻の先がふにゅっと沈むほど、柔らかなおっぱい。

心の中で叫び、痛いほど拳を握りしめて、津波のように押し寄せた欲情に耐えた。

まちのおっぱいを目の当たりにして、よく手を出さなかったと世界中に誇りたい。

舌が出てしまったのは、反省している。

けれど、あの場でまちを押し倒さなかった鋼《はがね》の自制心は、今後の人生の自信に繋がっていくだろう。

ひとり反省会を静かに開いていると、鼻歌と人の足音が廊下の奥から近づいてきた。

「わっ！　なにそれ……マジでなに？」

チェスターコートに身を包んだ巽が姿を現し、まじまじとぬいぐるみを見る。

「門と玄関、閉めてきたか？」

「閉めたよー、僕が来るからって開けとくの危なくない？　門まで迎えに来てくれればいいのに」

「……面倒だろ。それに盗まれるようなものなんて、ない」

「あるよ、フツーに！　お宝だらけだよ。で、そのでっかいのはなに？」

巽はコンビニの袋をテーブルに置いて、コートを脱ぎ向かいのソファーに座った。爺さまのマンションに滞在している巽は、今日はその爺さまの言いつけでうちに来た。俺が元気にしているか、家の状態はどうなっているか、巽を通じて知りたいのだろう。

自分で会いに来ればいいのに。そう思いつつ、やはりつらいものがあるのだろうと黙っている。

興味深そうにこっちを凝視する巽に、ぬいぐるみの顔が見えるように、抱え直す。

「なにって。これは、オオサンショウウオの……マチちゃん」

「おーちゃん、変なぬいぐるみに友達の名前つけてるの？」

「マチちゃんは変なぬいぐるみじゃないぞ。由緒正しき、まちの家からやってきた、ありがたいオオサンショウウオさまだ」

「まちちゃん、このぬいぐるみに自分の名前つけてるんだ。可愛いなぁ」

「……いや、俺がいまつけた」

そうバラすと巽は、はぁ？という顔をしたあとに笑った。

巽が来たからといって、特別もてなすこともない。

勝手にキッチンからいろいろと持ってくるし、コンビニで買い物してきたりするからだ。

今日はチョコレートを何種類か袋から出し始めたあと、ワインセラーから適当なワインを一本とグラスをふたつ持って戻ってきた。

俺は自分で淹れたコーヒーがあるので、酒盛りは先に始めてもらう。

目の前で気持ち良く開けられるワインを眺めて、巽が好きに話す内容に耳を傾ける。賑やかで、時には静かで、そんな風に流れる時間は嫌いじゃない。

巽は正月に日本の友達と久しぶりに会って、ソーセージを作ったという話を始める。

「休みの日にソーセージの燻製《くんせい》でも作ってそうって、何年も上司に冗談言われるから、実際作って押しつけて驚かせたいって言い出してさ。買ったソーセージを燻《いぶ》せばいいのに、羊の腸の塩漬け探しから始まって……これね、ソーセージの皮にするやつね」

俺が返事をしてもしなくても、気にせずに話を続けてくれるのはありがたい。

俺と巽は、昔からこうだ。無口な俺と、お喋りな巽。正反対なのに、巽のほうがひとつ年上なのもあるのか、不器用な俺を兄のように見守っている節がある。

「それで、見よう見真似で作ったソーセージとお年賀を持っていった先が、おーちゃんも知ってるよ。ほら、一昨年にできたでっかいテーマパークを経営してる会社の副社長。その人の家なんだもん。赤ちゃんがいてさ、友達に懐いてて、僕も抱っこさせてもらっちゃった」

ふわふわ、もちもちの男の子だったんだよー、なんて思い出したように盛り上がっている。

「なので！　僕が日本にいる間に、おーちゃんともソーセージを作ろうと思います」

「なんで」

「面白かったからだよ。庭で燻製にしようよ、チーズやゆで卵も燻製にできるんだよ。好きだよね？」

「……羊の腸、触れるかな。内臓だろ」

「僕が教えるから大丈夫。それに腸っていっても、紐《ひも》みたいで内臓感はないから。出来上がりは不格好かもだけど、愛着がわくっていうか、作るのも食べるのも全部楽しいよ。セラーに入れっぱなしのワインの消費にも、ひと役買うと思う」

「巽が飲みたいだけだろ。でも、面白そうかもしれない」

それから、ソーセージはハーブや香辛料を入れて何種類か作ろうと計画を立てた。

外は風が出てきたようだ。気がつけば、夕暮れのような橙色《だいだいいろ》がコンサバトリーを包む。

明かりをつけるのがもったいない、夜の帳《とばり》が降りる前のほんのわずかな、光が落ちる隙間の時間。

ワインの瓶も植物も、俺たちの影も濃くなる。

ソファーから空を見上げれば、ガラス越しに冬の渡り鳥がV字に編隊を組んで飛んでいくのが見えた。

「僕は子供の頃、おーちゃんを魔法使いの弟子だと思ってたんだ」

「魔法使い?」

「うん。この古い洋館に住んでいるからかな、それに無口なのも相まって、おーちゃん自身が不思議な雰囲気を持っていたから」

無愛想とはよく言われたけど、不思議な雰囲気とは初めて言われた。

「……大人が誰もいなくなった家に、ひとりで暮らしてて……僕に会っても、どの大人の文句も言わない。泣いたりわがまま言ったりも見たことがない。だからきっと、おーちゃんの家には誰も知らない秘密の魔法使いがいて、一緒に暮らしてるんだって考えてた」

「俺がここでひとり暮らしが始まったのって、高校に進学した頃だぞ?」

「だけど、まだまだ子供じゃないか。僕はきっと……遠くにいるおーちゃんの寂しさを想像するのが、怖かったんだ」

テーブルのグラスを見つめる巽の後ろにも、濃い影が伸びている。

思い出す。少しの物音に怯えた夜。冷たいベッドの感触。いつまでも鳴りやまない、夢の中の目覚まし時計。

いまとなってはもう当たり前になったことも、十五歳の俺には、正直つらかったこともあった。

いまだから。いい大人になったから。自分が置かれた特殊な環境をやっと客観的に見られるようになった。

許す、許さないの話ではなくなって、そういう人生なんだと諦めがついたからだ。

「ひとりだったけど、ハルも通いで来てくれていたし……巽も日本に来たときには、いつも泊まりに来てくれたろ。今日だってそうだ。次はソーセージを作ろうなんて……あはは、相変わらず突拍子がないところは変わらない」

昔から巽と比べられて、劣等感もあった。けれど、俺をいつも気にしてくれるのがわかっているから、嫌いになんてなれない。

「でもさ、おーちゃんは本物の魔法使いになり損ねちゃったね」

「まだ言ってる」

「日本では、三十歳まで童貞だと魔法使いになれるっていうじゃないか。おーちゃん……童貞卒業したろ？　あっ、回答はいいから。相手も誰だかは明らか過ぎる」

「は……？」

巽と目が合う。にんまりと、からかいたそうに目元をわざとらしくアーチに曲げる。

自分の顔から火が出るかと思った。

そんなにわかりやすかったか？

どうして、巽にそんなことまでバレてるんだ。

「……そんなの、わざわざ言わなくてもいいじゃないか……！　デリカシーに欠けてるぞ。からかったりしたら、もう口をきかないからな」

あまりにも恥ずかしくて、まるで反抗期の中学生男子みたいな言い方になってしまった。

「だって、なんか嬉しかったんだ。おーちゃんが本物の魔法使いになるのも興味あったけど……まちちゃんなら心配ないって。ただ、まぁ僕だって男だから悔しい気持ちもある。で、こっちはこっちで頑張ろうって、気持ちを切り替えて彼女を食事に誘ったんだ」

ニコッと、人好きのする顔で笑いかけられた。

「彼女って……まさか」

「うん、もちろん、まちちゃんだよ。来週末に約束を取りつけたんだ。ふたりは付き合ってる訳でもなさそうだし、僕はまちちゃんをもっと知りたいんだ。元気になって欲しいし……いいよね？」

いや、良くない。良くないけど、止める権利なんて俺にはない。

「いつ。いつ連絡先を交換したんだ？」

「パーティーのとき。ラウンジでおーちゃんを待っている間に。自分でもタイミング的にズルいと思ったんだけど、助けたあとだったからか交換に応じてくれたよ。嫌だったら、あとでブロックしてもいいよって言ったんだけど」

ブロック、されてなかったみたい、なんて言って巽がふふっと笑う。

心臓を冷たい手で握られたように、うまく体が動かないし言葉も出ない。

この間は、まだ自分の気持ちを知る前だったから、巽の前でもまちの隣で強気でいられた。

だけど、いまは違う。

こんな、巽が本気になったら、惚れない人間なんている訳がない。

——まちだって、きっと巽を……好きになる。

なんだこれ。視界が勝手に歪むし、頭がぐらぐらする。

生まれて初めて、恋愛感情というものを身をもって知った。こんな俺でも、こっちを見て欲しいと思った。

まちに会えて、こんな人生でもここまで生きてきて良かったって、心の底から思えたのに。

「おーちゃん」

巽の声が、水の中から聞いているようにくぐもる。

うまく声が出ない。

いまは巽の前では、情けない顔を晒したくない。

下を向くと俺の足元に、落とし穴に似た濃い影がぽっかりと口を開けていた。

根暗で匂いに執着して下着まで欲しがる男と、フランスで調香師を生業としている明るくて顔も性格もとびきりいい男。

どちらがいいかなんて、火を見るより明らかだ。

だから、この恋はなかったことにしよう、なんて簡単にできないからまいった。

正々堂々とまちに好きだと伝えられればいいのに、俺にはそれが難しい。

初めてまちに会った日の様子。荷物を片付けていた疲れた顔。数ヶ月前の姿だって、鮮明に思い出せる。

俺がまちを好きだと自覚してから、あのときのまちの気持ちを繰り返し考える。

二年も付き合っていた相手に捨てられて、なにもなかったことにはできないんじゃないか？

悔しい、悲しい気持ちは、いまもまちの心の中に大きく残っているんじゃないか。

そんな中で、いきなり好意を持たれ、言い寄られても困るんじゃないかと。

ただ臆病な俺の言い訳、勝手な想像だけど、そうっと時間をかけて見守っていたかった。

まちを傷つけたくない気持ちが、好意と同じように育っていく。

いつか、まちの心の整理がついたと思えたら、ずっと好きだったたって伝えたかったんだ。

告白の言葉、シチュエーションは短期間に何十回も妄想した。

成功するパターンにニヤけ、フラれる想像に胸を痛くする。

妄想の中のまちのことだって、泣かせないように大切にしたいんだ。

「大事にし過ぎて、だめになることってあるんだなぁ」

移動のために秘書の佐藤が運転する車内で、ぽろりとため息と一緒に言葉がこぼれた。

仕事の合間に気が抜けて、ぼうっとしてしまっていた。

後部座席から眺める午後の風景からは、赤やピンクの色がやたらと主張して見える。

来月に控えたバレンタインの商戦は、街を活気づけて、もはや日本の風物詩だ。

気づかいに長けたまちのことだから、この時期に手ぶらは、と考えてなにか用意する可能性がある。食事の約束を交わしたまちは、巽のためにチョコを用意するんだろうか……なんて想像していたら感情があふれてしまった。

「……もしかして、彼女さんとケンカでもしたのですか？」

佐藤は前を向いたまま、俺のこぼした言葉に反応する。

「……そんな風に見えてるか？」

「はい。一見普段と変わらない風に見えますが、近くにいる人間にはわかります」

どうしたのか、なにかあったのかまで深く詮索はしてこない。

佐藤とは普段、ほとんどプライベートな話をすることはない。そうしなくても円滑に仕事を回せるのは、佐藤の手腕のたまものだ。

俺が知る佐藤のプライベートは、未婚だということだけ。

この間、自分の気持ちを人に話すと、気持ちに変化が得られることを知った。

佐藤はパーティーでまちの姿を見ている。それにコラボレーションの開発会議で困ったときに、『彼女さんにお願いしてみてください』と呆れながらも助言をくれた。

少しだけ、話をしてみてもいいだろうか。

「ここだけの話だけど、他言無用でお願いしたい」

「わかっています」

なにを、どう話せば。言葉にして聞いてもらい、整理をしたいけれど最初のひと言が出てこない。

まちに偽物の彼女を頼んだ件は言えない。

まちに片想いをしていることも、巽がライバルになってしまったことも言えない。

好きだと言う前に失恋しそうなんて口にしたら、この場で涙ぐんでしまいそうだ。

これじゃ自分の話したいことが、まったく言えないじゃないか。

俺が話を切り出すのを、佐藤も黙って待っている。他言無用、なんて格好つけて言ったくせに話ができない。

車がどんどん目的地へ近づいていると、カーナビのアナウンスが俺を急かす。困って、眉間を指で何度も揉み込んで話をする糸口を探す。

「副社長、では、お友達の話をしてください」

「友達?」

「そうです。世間では言い出しづらいことや非難を受けそうな内容の話をするとき、まず『友達の話なんだけど』と前振りをして予防線を張る方法があります。なので副社長も、友達の話を私にしてください。友達の話ですから、肩肘を張らずに」

友達はまちしかいないけど、まちに関する話なのだから、嘘ではないか。

「……わかった。やってみる。『俺の友達の話なんだけど』……これでいいのか?」

佐藤は運転に集中しながらも、「ええ」と返した。

「そいつは……好きな女性が恋愛で傷ついたのを知っているから、大事に見守りたくて、できるだけ好意を表に出さずにいたんだ……おかげで女性からの扱いは友達のままなんだけど……。最近、とても敵わない奴が『友達』に、彼女に興味があると宣戦布告をしてきた……らしいんだ」

抱えていた重い気持ちを、砕いて吐き出した。

「お友達は、優しい方だ。女性が立ち直るのを見守るつもりなんですね」

「優しいというより、臆病なんだ。傷つけたくないなんて言って、本当はきっと自分が傷つくのも怖いんだ……と思う。宣戦布告を受けて、もっと早くどうにかしていればって。でも、思いつくその方法のどれも納得がいかない」

「生き物なんて、みんな個人差はあれど傷つくのが怖いですよ。私だってそうです。前の妻と離婚してから、恋愛にはすっかり及び腰になっています」

「えっ、離婚って、まず結婚してたのか！」

佐藤の顔は見えないけれど、俺の驚くさまを肩が震えるほど笑っているのが座席越しにわかる。

「ええ、好きな人ができたと離婚を切り出されました。妻が言う好きな人が私じゃない現実に驚きましたが、何度も謝られるたびに、自分が酷く情けなくなってしまって、結局離婚を受け入れました。副社長の秘書になる以前の話です」

飄々としていて、俺と同じ無口な佐藤に、そんな過去があったなんて知らなかった。

「その……傷はまだ癒えないのか？」

「そうですね。それに、三十も半ばを越えるとひとりのほうが楽なときが多くなっていきます。ただ、やっぱり同年代の家族などを見ると、正直寂しく思ったりもしますが……家族は人の真似をして持つものじゃありませんし」

佐藤は、きっと元の奥さんを愛していたんだ。愛していたから、謝罪されるたびに関係の修復は難しいと悟って、諦めていったんだろうか。

「『友達』は、すっかり失恋した気分でいる。あいつには昔からなにひとつ敵わなくて……きっと彼女もあいつを好きになるから……ちゃんと諦められるかを、ずっと考えてる」

鼻の奥が痛くなって、それを誤魔化すために窓の外に視線を移した。

都会は人だらけだ。その数だけ人生の物語があって、それぞれが主人公なんだという自己啓発本を読んだことがある。

だけど、俺はいつだって主役とはほど遠い場所に立っている気がしている。

俺の人生、最初から主人公不在なのかもしれない。

目的地まで、あと数分。『友達』の話も、もうすぐ終わる。それは佐藤も、きっとわかっている。

「私は恋愛に関してアドバイスできるほど経験豊富とは言えませんが、愛し方はひとつじゃありません。『友達』の見守る愛し方も、立派なものだと思うのです」

「でも、あいつみたいにはうまく立ち回れない。女性が喜ぶこともわからないし、むしろ、こっちがいつも喜ばせてもらってばかりで……」

「それは、彼女が『友達』を喜ばせたいからです。彼女にとって『友達』は大切な存在なのでしょう。『友達』のそばは案外居心地がいいのかもしれない。おふたりの関係は、私にはとてもいいものに思えます。そこにあるのが、恋愛感情でも友情でも。失恋してからの心配は、失恋が確定してからすればいい」

ウィンカーを出して、車は目的の地下駐車場へ入っていく。

タイヤが床にこすれて、キュキュッと音を立てた。

「いいのかな、このままでも」

「無理をしたり、まだ起きてもいないことを心配するより、ずっといいと私は思います。必要なときには、心や体は勝手に動きます。そのときには、彼女が一番大切で大事だってことを、まっすぐに伝えられたらいいですね」

照明が一定の間隔でつけられ、コンクリートが打ちっぱなしの無機質な一角に車が停められた。

エンジンが切られると、とたんに沈黙が下りる。

佐藤は運転席のドアに手をかける前に、こちらを振り返った。

「私は応援しています、と、その『友達』にお伝えください。それと、意外かもしれませんが、私は本当はお喋りも好きなほうなんですよ」

なんて言って、内緒だとでもいう風に人差し指を自分の口元にあてた。

ついに、週末がきてしまった。

巽とまちを気にし過ぎてしまって眠れず、ベッドの中でそのまま朝を迎えた。

窓の外では、我が家の庭を縄張りにしているオナガが早朝からけたたましく鳴いている。

この家に暮らしているのは俺ひとりで静かなものなのに、木々の茂る庭は野鳥たちの団地のように賑やかだ。

「今日はどうしような……マチ」

オオサンショウウオのぬいぐるみ・マチはなにも答えてくれない。

まちの匂いも、吹きつけてくれた香水の匂いも、だいぶ薄くなってきてしまっている。

マチを抱き寄せる。

「今日は、寒いけど外で日光浴でもするか？　それとも、一緒に休日出勤でもしようか。助手席にお前を乗せて走ったら、見た人はみんな驚くぞ。副社長室からの眺めも、一緒に見たらいつもと違って見えるかもな」

そう考えてはいるけれど、考えとは裏腹に起きる気力がわかない。

天井から吊り下げられた、乳白色のガラス照明をぼうっと見つめる。アンティークの貫禄がますます出てきて、貴婦人かのごとく美しい姿で俺を見下ろしている。

マチがきてから、こうやってぬいぐるみに喋りかける俺を天井からどう思っているやら。

巨大でふわふわのマチ。前足の指は四本、後ろ足の指は五本。体に似合わず小さくて赤ん坊みたいな手。つぶらな黒い瞳。

マチをそばに置き、この胸に抱くたびに愛着がわいてくる。最初はまちの代わりにと連れて帰ってきたけれど、すっかり気に入ってしまった。マチはもう、大事なふたり目の友達と言っても過言ではない。

巽とまち。もしふたりがうまくいったとしたら、俺はまちに頼み込んでマチを譲ってもらおう。

そんなことを考えていると、いまになって眠気がきてまぶたを重くする。

このまま寝てしまえば、きっと今日はすぐに終わる。

目が覚めた頃には夕方で、冬のいまならあっという間に夜になる。気になるふたりの一日は、俺がマチと寝ている間に終わっていて欲しい。

とろとろと、野鳥の声を遠くに聞きながら、朝の光が差し込む中、眠りに落ちていった。

たまに意識が浮上したり、また落ちたり。

そんなことをしばらく繰り返していると、サイドテーブルに置いたスマホが鳴り出した。

誰かからの電話みたいだ。それをベッドに潜り込んで一度はやり過ごす。

再び鳴り出して、観念して手を伸ばした。

掴んだスマホのディスプレイには【岸　巽】とある。今日最も関わりたくなかった名前に、自分が息を呑むのがわかった。

二度続けてかけてくるなんて、よっぽどの用事か緊急事態か。覚悟を決めて、電話に出る。

「……もしもし」

『もしもし、おーちゃん？　いま、家にいる？』

「いるけど」

『じゃあ電話出てよ、いないかと思った。いまさ、まちちゃんも一緒なんだけど』

知ってる。知ってるから、今日を早くやり過ごしたくて寝ていたんだ。

『でね、いま、おーちゃんちの前にいるから開けて』

「……は？」

『まちゃんが、おーちゃんに渡したいものがあるんだって』

そう言う巽の後ろから、『寝てたなら、またあとでで大丈夫って伝えてください！』

と焦るまちの声が聞こえる。

「すぐ行く」

『わかっ――』と聞こえたけれど、巽の返事の途中で通話を切った。

玄関ホールから外へ向かい、木々の中を通る長いポーチを早足で抜けると、門の外では巽が手を振っていた。

その後ろに、まちの姿も見える。

「な、なに、どうした。なにかあったのか？」

「おーちゃん、本当に寝てたんだ。もうお昼とっくに過ぎてるよ」

自分が黒の上下スウェット姿だというのを忘れていた。

「やることないから、夕方まで寝てようと思って……」

「お休みなのに、いきなり来ちゃってごめんなさい……ふふ、前髪跳ねてる」

まちが、申し訳なさそうに巽の後ろから謝ってくる。

前髪、触るとぴょんと跳ねている。寝るといつもこうなるのを、大晦日にまちに見せたばかりだ。

まちは薄いすみれ色のコートを着て、白いマフラーを巻いている。コートのすそからちらちら揺れるプリーツスカートが、金魚の尾っぽの先みたいだ。

可愛い。めっちゃ可愛い。

俺がまちに見とれているのをわかっていて、巽がニヤニヤしながらピースしてくる。

その巽のさりげなく気合いが入っているのに嫌味のない服装にイラッとしながら、
心の中でべーっと舌を出した。

「これ、旺太郎にも食べて欲しくて」

まちから、小さな紙袋を渡される。

「これは?」

「あのね、この苺《いちご》大福すごく美味しいんだけど日持ちしないの。このお店は関西にあるんだけど、こっちの催事に珍しく出店してて、どうしても旺太郎にも食べて欲しくて買っちゃった。岸さんが、渡しに行こうってここまで連れてきてくれたんだ」

紙袋を覗くと、餅を縦に伸ばして苺をパクリと挟んだ大福がふたつ並んでいる。

苺は赤く艶々で小さな卵ほどの大きさがあり、見た目のインパクトがある。

「苺、うまそうだ」

「だよね！　お餅も柔らかいし、中のこし餡は少しだけ塩がきいてて最高なんだよ。できるだけ今日中に食べてね」

「おーちゃん見て。僕も、まちちゃんに買ってもらっちゃった」

巽も俺が渡されたのと同じ紙袋をぐいぐいと見せてくるので、無視する。

「ありがとう、遠慮なくいただく。ところで……これからまたどこかに行くんだろ？ここで時間使ったらもったいないぞ」

あくまでも、今日はふたりのデートの日だ。嫌だけど、大人として気は使わないといけない。

大人って、こういうとき悲しくて面倒くさいのだと思い知る。

まちは俺を見上げて、困った顔を一瞬したあと、それを誤魔化すように笑った。

あれ、俺、なんか変なこと言ったか？

「あっ、えっと、良かったらお茶でも飲んでいくか？　コーヒーくらいしか出せないけど」

慌てて、今度はこう言い直す。

どうだろう、これが正解か？

まちは巽の方を見る。巽は「おーちゃんの淹れるコーヒーって、薄いんだよなぁ」

と憎まれ口をたたいた。

家の中へ案内すると、まちは興味深そうに目を輝かせている。

ゆっくりと家の中を見回して、わあっと声を上げる。

週に一度、ハウスキーパーが丁寧に清掃をしてくれているから、どこを見られても困ることはない。

まちは廊下を少し歩いては立ち止まり、じっくりとあちこちを眺めている。

「わ、待って、可愛い！　こっちの窓は色ガラスなの？」

「そこから入るガラスを通した光が廊下に差し込んで綺麗なんだ。ここを建てるときに有名な外国の建築家に頼んだらしくて、そういう細かいところが家中にあって面白いよ」

「すごい……あっ！　こっちの欄間《らんま》はステンドグラスなんだね。薔薇《ばら》のデザインが素敵」

「この洋館は爺さまが婆さまのために建てたから、全体的に女性が好きそうな華やかな造りになってる。窓は丸みのあるアーチ形だし、ドアノブがガラスの部屋もある。部屋の造りなんかも、腰壁が白で統一されていてなんだか可愛らしくなってて……」

そう言って、気づいた。

こうやってまちに案内をしていて、いかに爺さまが婆さまを想ってここを建てたかがわかってしまった。

この洋館の隅からすみまでが、婆さまへの愛でできていた。

一緒にずっと暮らしていきたい。好きなもので囲んであげたい。そういう気持ちが、この家の至るところにあった。

俺はまちを好きになって、いまそれに初めて気づいた。

ああ、それじゃ、婆さまのいなくなったこの家に、爺さまがいられるはずないよな。

つい感傷的になって黙ってしまった俺に、まちが心配そうな顔をする。

「巽、このまま、まちをコンサバトリーまで案内してくれ。俺はコーヒー淹れてくるから。巽のは特別に濃いやつな」

そう軽口を言って、巽にまちを任せる。

そのままキッチンへ向かって、ひとりになると、やっと詰めていた息が吐けた。

「朝からって、本気で朝から出かけてたのか？」

「そう！　まちちゃんが新鮮で美味しい海鮮が好きだって言うから、築地《つきじ》場外《じょうがい》市場《しじょう》へ朝からふたりで行ってきました～！」

「まち、巽の誘いなんて断っても良かったんだぞ。巽、お前は女性が支度にかかる時間も考えて、正気でその時間に誘ったのか？」

「あはは！　旺太郎って岸さんには結構強く出るよね。今日は朝からご馳走食べちゃった。贅沢《ぜいたく》しちゃったよ。築地から日本橋《にほんばし》へ行って買い物したんだ」

巽なら小洒落《こじゃれ》た場所にまちを連れていくと考えていたから、まさか朝から築地に行くとは想像もしていなかった。

そのくらい、まちの好みを優先しようとしているのか。巽、生魚苦手なのに。

隣に座るまちから、普段はしない香りがするのがさっきから気になっている。俺がプレゼントした香水ではないし、まちから嗅いだことのない香水の香り。

「まち、香水変えた？」

まちに似合っているけど、俺だったらまちに選ばない香りに少し嫉妬する。

「岸さんが、バレンタインが近いからってプレゼントしてくれたんだ。選んでくれて、せっかくだからすぐにつけさせてもらったの」

やっぱり。まちの細い首から、俺の知らない匂いがする。それが無性に嫌だと思う。

手のひらをまちの首筋に押しつけて、ぐいっと拭った。

「わっ。びっくりするじゃん、なに？」

「……まちから、知らない匂いがするから」

自分がずいぶんと子供っぽく、拗《す》ねているのがわかる。もっと巽のように余裕を持たないと、まちにいつか呆れられてしまうのに。

「知らない匂いじゃなくて、岸さんがプレゼントしてくれた香水だよ。旺太郎も試してみて。いい匂いだから」

自分の小さな鞄を開けようとするまちの首筋に、鼻を押しつける。

「ここからもらうから、いい」

「ふ、あはは。すぐ鼻でぐりぐりするんだから！　旺太郎って、ときどきこんな風にワンコみたいになっちゃうんです」

まちは困った子供を相手にでもするように、俺の肩をぽんぽん叩く。

「まちちゃんから見て、おーちゃんって甘えんぼのワンコなんだ」

まるで『脈なし』とでも言いたそうに、巽が向かいのソファーからニヤニヤしている。

「旺太郎みたいなワンコが本当にいたら、でっかくてお利口さんで可愛いんだろうなぁ。シベリアンハスキーかな、それともシェパードかな」

「いまの俺だって、でっかくて利口で自分の食い扶持も稼げてるけど？」

「おーちゃん、タレント犬の存在って知ってる？　あの子たちも、自分の食費くらいは稼いでるよ」

そのとき、「あっ」と巽がさらに声を上げた。どうやらマナーモードにしていたスマホが震えているようだ。

それを手に取り、顔を曇らせる。

「……あー、ごめん。これからちょっと戻らなきゃならなくなった」

「女性からの誘いか？」

お返しに、今度は俺がニヤニヤする。

「仕事関係だよ、僕だって観光で日本に戻ってきてる訳じゃないの知ってるでしょ。休みだって伝えておいたのに。ごめんね、まちちゃん一緒に駅まで行く？」

まちが考えあぐねている間に、俺がすかさず返事をする。

「まちは、あと少ししたら俺が送っていく」

「その前髪で？」

「前髪は、そのときに直すし。着替えもする」

そう言うと、巽は名残惜しそうにしながら、ひとりで先に帰っていった。

見送った玄関ホールからコンサバトリーに戻ると、まちがソファーに座ったままうたた寝をしていた。

ガラスを通した、冬の柔らかな陽光を受けて、まちの肌も髪も透き通り輝いている。閉じたまぶた、結ばれた口元。息をするたびに、肩が微かに上下する。

惚れた欲目と言うけれど、あまりにも神聖な光景に、触れてはいけないと手が引っ込んだ。

いつかの昔。こんな風に眠る婆さまを、爺さまも見守っていたときがあったんだろうか。

いまの俺と同じく、このまま時間が止まってくれたらと願ったのかもしれない。

「……朝から出かけてたんだ、疲れてるんだろうな」

座ったまま眠るのはつらそうだ。だが自室のベッドまで運ぶ訳にもいかない。

俺はまちが眠ったままソファーに横になってもいいように、コンサバトリーや他の部屋からもクッションを集めて両脇に置いた。

それから薄い毛布を肩にかけてやる。

目を覚ましたら送っていこう。

そのときには、マチを後部座席に乗せていこう、なんて考えたら、楽しくなってきた。

まちが起きたのは、夜の帳が降り始めた頃だった。西の空、帳のすそでは微かな陽の名残りまでも、これから夜が残らず呑み込もうとしていた。

風が出て、薄暗い庭の木々をざわざわと揺らす。

手元を照らす小さなランタンだけを灯し、持ち帰っていた仕事をノートパソコンで進めているときだった。

「……え、あれ、星が見える……」

掠れた小さな呟きを聞いて、パソコンから顔を上げる。

「いいだろ。ぼんやりだけど、ここで寝転がると夜には星が見えるんだ」

「……すごいね。天窓からより、ずっとよく見える……って、ごめん。寝ちゃってた」

まちがソファーから体を起こして、手ぐしで髪を整える。それから、自分の周りに置かれたクッションの量に小さく笑う。

「クッション、ありがとう」

「まちがどっちに寝ながら倒れるかわからなかったからな。それに、前に倒れ込んだら受け止めようと思って、仕事しながらスタンバってた」

ここでまちをひとりにして、目が覚めたときに不安にさせたくなかった。

それに仕事をしながら寝顔を眺められるなんて、役得だった。

ミネラルウォーターのペットボトルを渡す。

「乾燥してるから、喉渇いたろ」

「……うん。私、口開けて寝てなかった？　すっごく喉渇いてる」

まちは受け取ったペットボトルのキャップを開けると、ごくごくと喉に水を流し込んだ。

仕事のファイルを保存し、パソコンを閉じると、橙色のランプの明かりだけがコンサバトリーの中心を照らす。

すると秘密基地のような、テントの中のような、外と室内を隔てるのはガラスのみの特別な場所が出来上がった。

「なんか……ここって不思議な空間だね。静かで……」

そう言ったきり、まちは黙ってしまった。

ランタンの明かりをただ眺める白い顔が、なぜか不安をかきたてる。

昼間三人でコーヒーを飲んでいたときは元気に見えたけど、本当は違っていたのか。

どうした、と声をかけ損ねたまま、まちの出方を待つ。

もっとスマートに聞き出してあげられるスキルが自分に身についていないのが、もどかしい。いつもと様子が違うことには、気づけているのに。

いや。言い訳ばっかりじゃだめだ。

まちの隣に移動して腰かける。まちにとって、ここも安心できる場所になりますようにと願いながら、膝から落ちそうな毛布をかけ直してやった。

「まち、もしかして、困ったことでもあったのか?」

まちは俺を見ずに、頷いた。

「……今日ね。岸さんに『無理して元気を出さなくていいんだよ』って言われちゃった。私、そんなに無理してるように見えるのかな。痛々しい?」

まちの瞳は、涙でみるみるうちに潤んでいく。

「痛々しいって、そんな風には……」

「……だって、いつまでも落ち込んでられないじゃない。大丈夫だって自分に言い聞かせないと、どんどん自信がなくなって……笑ってないと……おかしくなる」

心に穴が開くかと思うほど、衝撃的だった。

まちは、俺の想像以上に傷ついていた。

なのに、明るく振る舞って。どれだけ自分を鼓舞していたんだ。

「ごめん……気づいてやれなかった。そうだよな、あんな形で、付き合ってた奴にいなくなられたら……」

「それはいいの、いずれはお別れになると思ってたから。ただ、私は要らない人間なのかなって……大事なときに、選ばれないほうの人間なんだって、そう思ったら……」

寂しくて、つらい。

まちが、消えそうな声でそう言った。

俺はとっさに、その細い体を抱きしめた。

そうでもしないと、このまま、まちが消えていなくなってしまいそうで怖くなった。

まちの吐露した寂しさには、そういうものを孕《はら》んでいた。

実家か、男か。どんな過去が、まちにこんな寂しいことを言わせるんだ。

自分の足元に口を開けた真っ黒な影を思い出す。

「旺太郎、ごめんなさい……ごめん」

まちは、何度も俺に謝る。

謝ることなんて、なんにもない。そう言葉が出なくて、ぎこちないキスでまちの口を塞いだ。

軽く合わせた唇。俺は恥ずかしいけど震えていた。

「旺太郎に、こんなことさせちゃって、ごめんなさい……」

ついに、まちは泣き出した。

「俺は、まちの味方だよ。巽も、あんなことがあったあとだからまちを心配してるだけだ。軽く見えるかもしれないけど、うんといい奴だから」

そのとき、ひときわ強い風がごうっと吹いて、コンサバトリーのはめ込みガラスをカタカタと揺らした。

まちからしていた知らない香水の香りは、しっとりとした匂いに変わっている。

胸がざわざわする。

「……今夜は一緒にいて。私が明日笑えるように、ぎゅっとして離さないで」

お願い。旺太郎。

俺の首元に抱きついてきて、まちが絞り出した声で懇願する。

それを聞いた心は、切なさで酷く苦しくなった。

柔らかな体に首をもたげ始めた性欲は、一気に消し飛ぶ。ただ、尽くしたいという気持ちだけが、俺を動かす。

まちの底知れない寂しさがまぎれるなら、俺の心も体も自由に使っていい。

その閉じた目が俺を映さなくたって、いい。

俺の全部、まちにあげたい。まち以外の人間には、この先もう渡す予定はとっくにないんだから。

返事の代わりに再び口づけると、遠慮がちだけど甘えるようにまちは体を預けてくれる。

人を好きになるって、大変なんだな。

まちと抱き合っているのに、透明な壁があるみたいだ。

嬉しい、寂しい、もどかしい。

いまのまちには、俺の恋心はきっと扱いに困るだろうから。

透明な壁を壊すかもしれない言葉は、口に出す前に呑み込んだ。

七章

小さな着信音が聞こえる。

これは、私のスマホからで間違いない。『爆発音』を着信音にしている人、いままで会ったことがないから。ドカーン、ドカーンと、小爆発をどこかで繰り返している。トークアプリでもなく、メールでもない。誰かが私に、電話をかけてきている。

体が気だるくて、恐ろしいほど眠い。

閉じたまぶたの裏がやけに眩しくて、昨日部屋のカーテンを閉め忘れたのかな、なんて夢と現実の縁でぼんやり考え始める。

昨日は土曜日で……岸さんと朝から出かけて……あれ、自分の家にいつ帰ったんだっけ？

「……はっ」

意識が急浮上して、目を開けると。

乳白色の照明と、浮き彫りの模様が美しいメダリオンが飛び込んできた。

それから薄い鶯色《うぐいすいろ》の天井。見回すと壁へ繋がる廻り縁《まわりぶち》が落ち着いて優雅な空間を演出している。

窓からは、レースのカーテンを通して朝の日差しが室内を照らしていた。

ここは自分の部屋じゃない。そう頭が認識した瞬間に、昨夜の出来事を全て思い出した。

そうだ。昨日、旺太郎の家に泊まっちゃったんだ。

「……私のバカ……！」

思わず、口から小さく声を漏らす。

大きなベッドの上。隣には旺太郎がすやすや寝ている。

上半身をそうっと起こして部屋を見渡すと、パソコン、たくさんの積まれたファイルや本、クリーニングから返ってきた袋に入ったシャツの山……明らかに私室のようだ。

旺太郎の向こう側に、貸し出し中のオオサンショウウオもベッドに入れられている。

私は、大きなサイズの黒いスウェットの上を着せられて……あっ、パンツもちゃんとはいている。

記憶にないから、私が寝ている間に旺太郎がここまで運んで着せてくれたんだ。

荷物も、ちゃんと持ってきてくれていた。コートと鞄、昨日着ていた洋服なんかがひとまとめにしてソファーに置いてあった。

その鞄の中から、着信音が聞こえてくる。

そろりとベッドから下りて、自分の鞄を開けた。

「誰だろ、こんなときに……」

【実家】と表示されているのを見て、嫌な予感に冷や汗がふき出した。

年に一度くらい生存確認めいた連絡がくるくらいで、ほぼ絶縁状態の娘になにか緊急で知らせたいことが起きたのか。

寒くなる前に一度、電話で母と短い会話をしたばかりだ。

頭によぎったのは、父と母の顔。まだ現役で旅館の切り盛りをしているはずだけど、もしかしてどちらかが……。

鳴り続けるスマホのディスプレイを、緊張しながらタップした。

「……もしもし」

『もしもし。日曜日だけど、まだ寝てたの？』

凛とした母の声。だけど誰かになにかあった声のトーンではなかった。

「いや、いやいや。寝てたけど、こんな、まだ朝だよね？」

旺太郎を起こさないように、小声で答える。

『もう九時前よ。ところで、ちょっと話したいことがあるの。単刀直入に言うけど、まち、あなたこっちに戻ってきてお見合いしなさい』

青天の霹靂《へきれき》。寝耳に水。藪《やぶ》から棒とは、まさにこのこと。

「お、お見合いっ？　それに、戻れってどういうこと！」

予想もしていなかった母の言葉に、つい声が大きくなってしまった。

背後のベッドからは、旺太郎が身じろぎする気配がする。いまの声で、目を覚ましてしまったかもしれない。

「あとで、帰ったらかけ直すからっ」

『あら、あんたどこにいるの』

「いいから、とりあえず切るね！　じゃあね！」

慌てて電話を切り、そろりと振り返る。

セーフ。旺太郎は、寝返りしただけだった。

「……なんなの、見合いって」

いきなり、帰ってきて見合いしなさいなんて、なんなんだ。

帰れる訳がないじゃないか。

あの場所には妹と、私の元許嫁《いいなずけ》が結婚し、子供までいるんだ。

『新しい小さな命』を守るために、居場所も役割もなにもかもを妹に渡してきた。私の帰る場所なんてとっくにないのに、母は私を放っておいてくれない。

旺太郎には聞こえないように、静かに深くため息をついた。

私を大事な友達だと言ってくれた旺太郎に身勝手に甘え、また肌を合わせてしまった。

心の底から申し訳ないと思い、改めて謝る。

すると旺太郎は、『そういうときにも頼って欲しいって、前に言ったろ?』とおどけて笑ってくれた。

謝るのはなし、これからも気にせずにと言ってくれたけど、私はもう二度と同じ轍《てつ》は踏むまいと強く心に誓った。

大晦日。旺太郎を家から見送ったあとに、岸さんから食事のお誘いのメッセージをもらった。

パーティーのときに助けてもらったお礼をいつか改めてしなければと思っていたので、渡りに船とばかりに返信を送った。

何度かやり取りをして、朝からふたりで出かけたあの日。岸さんに無理をしなくていいと言われたとき、無性に旺太郎に会いたくなってしまった。

岸さんは博学だし、どんな話もとても面白くためになる。女の子の扱いに慣れているようで、まったく不快なことはされない。

誰もが振り返るような容姿で、明るく大切に気を遣ってくれる。まるで自分がお姫様にでもなったかと錯覚しそうなほど、完璧なエスコートだった。

早朝の築地場外市場で、どこの店の店員さんにも優しく接し、とても紳士的なところが素敵だなと感じた。

ただ、雰囲気だろうか。岸さんに『無理をしなくていい』と言われると、なにもかも見抜かれているようで怖くなってしまった。

じっと見つめられ、優しく微笑まれると、自分の視線のやり場に困った。

この人の前で素直になったら、私は自分の寂しさを真っ正面から認めてしまうだろう。

認めて、置かれた状況を客観的に見てしまったら、情けなくて、なけなしの自信が足元から崩れてしまう。

だから、そんなことは言わないで。もっとちゃんと頑張るから、うまく隠すから、無理するななんて言わないで。

そのときに、旺太郎の姿が頭をよぎった。

口下手な旺太郎は、一生懸命に心配をしてくれるけど言葉にすることは少ない。

私を見守ってくれる。私が言葉を選ぶのを、いつも待っていてくれる。

私が誤魔化しきれない部分を、見て見ぬふりをしてくれる。

岸さんが悪い訳じゃない。昔の私を知っているからこそ、心配してくれるのもわかっている。

申し訳ないと思いながらも、あの日、旺太郎の顔を見てほっとしてしまった。

息を切らして門まで走ってきた旺太郎の跳ねた前髪や、普段とは違うリラックスしたスウェット姿……本当に寝ていたんだと可笑しくなった。

こんなところで時間を使ったらもったいない。そんなニュアンスのことを言われてぐさりと傷ついた私。そこになにかを感じた旺太郎の慌てたフォロー。

好きだ、と言えない、口にはできない。私の心が代わりにひとり呟く。

好き。やっぱり、好きだよ。

うっかりソファーでうたた寝をしてしまい、目を覚ましたとき。

一番に目に飛び込んできたのは、まるで愛おしいものでも見つめるような、旺太郎の顔だった。

泣きたくなってしまった。

気持ちを押しつけて、好きだなんて言って、悩ませたくない。

旺太郎にとっての私。友達で、心地いい……と思っていてくれたら嬉しい関係。

それを壊したくない。

なのに、自分の口から、あの不思議な雰囲気の中で初めて寂しさを打ち明けてしまった。

結果、女性のせいで酷いトラウマを背負った旺太郎に、無理をさせた。私は自分勝手な大バカ野郎になった。

あれから、いろいろあった二月が終わろうとしている。

母からのお見合い話も、『しない』『帰ってこい』と会話にならない平行線だ。状況を打破できる訳ではないけれど、やっぱり心機一転をしたくてこのアパートから引っ越すことを決めた。更新の五月までに次の引っ越し先を見つけるために、不動産屋に勤める友人に連絡も取ってある。

その友人から、諸々の確認がしたいからと電話がきたのは、ちょうど旺太郎がうちにお年賀のワインのおすそ分けを数本持ってきてくれた夜だった。

条件に合う物件はこの時期すぐに埋まってしまい、どうしても引っ越したいのなら多少の妥協が必要になってくるという。

その返事は翌日までにすると約束して、電話を切った。

「……まち、引っ越しするのか？」

コーヒーを飲んでいた旺太郎が、急に沈んだ声で聞いてきた。すごく汗もかいている。

「うん。ちょっと心機一転しようかと思ってさ。いい機会だし、生活を変えてみたくて。汗どうしたの、暑かったかな」

エアコンの設定を下げるために、リモコンを手に取る。ピピッと2℃下げる。

「……もしかして、実家に帰って見合いするから、ここを引き払うのか？」

びっくりして、さらにピピピピッと4℃も下げてしまった。

「な、なんでお見合いのこと知ってるの？」

「ごめん。まちがうちに泊まった朝、電話してる声で目が覚めてた」

「そうか、そうだよね、結構大きな声出しちゃったし……起きちゃうよね」

「うん……盗み聞きして悪かった」

「悪くないよ、同じ部屋で電話してた私が悪い」

内緒にしていた訳じゃない。言い出しづらい話題だった。

「それで、どうなんだ」

「お見合いなんてしないよ！　断ってるんだけど、母が納得してくれないだけ。引っ越しはここの更新も近いし、元彼といろいろあったからね。身ひとつで上京して借りた部屋で思い出があるけど……その内容がね。それに、もし仕事から帰ってきたときに、元彼が玄関ドアの前に立ってたらって考えたら、最近警戒しちゃって」

もし。もし本当に荷物を取りに来られても、いまはなんだか怖く感じてしまう。

部屋に元彼を上げたくないし、荷物は全て旺太郎の家のガレージで預かってもらいっぱなしだ。

旺太郎は「ああ～」と言って、コーヒーの入ったカップに視線を落とした。

「時期が悪いみたいで、なかなか条件に合う物件が見つからないんだ。ここよりもうちょっと会社に近いところで探してもらってるんだけど」

「まちの会社だと、俺の家からのほうが近いな」

確かに、と思いながら、お茶請けに出したおせんべいをかじる。

「なるべく静かで環境もいいと嬉しい」

「俺の家の周りはいつも静かだぞ。庭にいる野鳥のほうが騒がしい」

「そうだね、庭というか……旺太郎のおうちの庭はもはや小さな森に近いよね。イングリッシュガーデンみたい」

「それ、言われたことがある。自然に近いから、花を咲かせる雑草かと思ってたら違ったり。庭師には、独断で草花を引っこ抜かないようにって言いつけられてる」

「ふふっ。律儀に守ってるんだ、偉い。焚き火してマシュマロなんて焼いたら、その庭師さんに本気で怒られちゃうね。あのお庭、これから春になってくると芽吹いた花や緑でどんどん覆われて、素敵になっていくんだろうな……いいなぁ」

イングリッシュガーデンのある洋館なんて、憧れてしまうのは当たり前だ。

夜、疲れて帰ってきて、ぼーっとビールを飲みながら教育テレビの放送を見るのが好きだ。お料理番組からの流れで海外の庭を紹介する番組なんて、最高に現実逃避ができるから。

名前を知らない花や草が、異国の青い空の下でお世話をされている。世話をする人が楽しげに手を動かす、その様子に癒される。

私も土をいじり、自然に寄り添いたい。ワイヤレスマウスではなくシャベルを握りたい。

「それって、うちに引っ越してくれれば……全部解決するんじゃないか？」

一瞬、旺太郎がなにを言っているのかわからなかった。

「うちって、どこ？」

「俺の家、もう忘れちゃったのか」

「忘れてないけど、私の引っ越しと、どう関係してるの」

「……まち、よく聞いて。ここよりもまちの会社から近く、静かな環境で、庭付き一戸建て。家賃だってタダで構わないけど、まちが気になるならこの部屋の半分の額でいい。部屋数は十分にあるし、うちのセキュリティもWi-Fi環境もバッチリだ。あれだ、ルームシェアだと思えばいいんじゃないだろうか」

あの洋館でルームシェアなんて、漫画か海外ドラマのようだ。突拍子がなくて、現実味もない。

それに、私と暮らすなんて、旺太郎の貞操の危機再びだ。

「む、無理だよ。だって変な噂になっちゃうかもしれないじゃん」

まるで照れた子供みたいな返事をしてしまう。

「噂になっても大丈夫だろう。一応いまだって、まちは俺の恋人だと親族たちには思われてる。俺の両親のことも気にしなくていい。三十近い息子がやっと恋人を連れてきて、やっとか、と内心ほっとしてる。じゃなかったら、父から必ずなにか言ってくるはずだから。だけど、さすがの月野木だからか、なにも口を出してこないよ」

私は頭の中で、どう言ったら旺太郎が諦めてくれるのかぐるぐる考える。

ルームシェアって、こんなに簡単に決めちゃっていいものなの？

旺太郎、また私のせいで無理してるんじゃない？　友達が困っていたら助けたいという気持ちは優しいけど、相手はあなたを性的に見ちゃうよ？　手はもう絶対に出さないけど！

私の部屋に旺太郎がいる風景に、最近はすっかり慣れてきた。旺太郎も、仕事の帰りなどにお土産を持ってたまに遊びに来てくれる。

それが、今度は旺太郎の家でルームシェアだなんて。

「……いや、どう考えても無理があるでしょ。ルームシェアというより、周りからは完全に同棲だと思われる。結婚前に一緒に暮らすのは世間では珍しくなくても、岸グループ的にはまずいんじゃない？」

そうなると、困るのは旺太郎だ。もし私が偽物彼女だったことがバレたら、ご両親だってどう思うか。

「同棲とルームシェアって、どう違うんだ」

「どうって……恋人とするのが同棲で、友達や知ってる人とかとするのがルームシェアなんじゃない？」

「なんだ、じゃあまちは、どっちもクリアしているから問題ないじゃないか」

「え」

頭に疑問符が次々に浮かぶ。どこで問題がこんがらがった？

「せめて、ちゃんとまちが希望する通りの物件が見つかるまででいい。その……嫌だろ、毎日疲れてるのに緊張しながら帰宅するのは」

自分の部屋に帰るのに、つい周辺を見てしまう。アパートの階段を一歩上がるたびに、胸が重く嫌な気持ちになる。誰もいないのを確認して、胸を撫で下ろす。

毎日がその繰り返しで、神経がすり減るのを実感し始めていた。

でも同じ家に住み始めたら、毎日違う意味で緊張すること間違いなしだ。

旺太郎が、低く落ち着いた声で私に言い聞かせる。

「俺は、まちが不安に思っていることを話してくれて嬉しい。まちのその問題が解決するなら、周りからどう思われようと構わない。それに、なにかあってからじゃ遅い場合だってある」

「旺太郎……」

「まちのお母さんが男とのルームシェアに反対するなら、了承をもらいに友人兼大家として挨拶に行くよ」

ガシッと手を掴まれた。

「……旺太郎は、誠意のあるプレゼンテーションがうまい」

「ああ。一応、大企業の副社長だからな。福利厚生アフターフォローまで万全だぞ」

「うう、私にうまい話過ぎて、逆に即決ができない」

掴んだ手がゆっくり離されて、今度は優しく握られる。旺太郎が、私のこんがらがった心を解くように柔らかく笑う。

顔が赤くなりそうだ。格好いい、恥ずかしい、照れる。

「よし。一旦うちに引っ越して、それから悩めばいい。トラックと人手、それから退居に必要なハウスクリーニングはこっちで業者を手配する。まちは必要なものと大事なものだけ持って、来週にでも先にうちに来て。迎えに行くから。それで、新しい引っ越し先が見つかるまで過ごせばいい……お願いだ、根負けしたと思って頷いて欲しい」

最後のほうは、懇願に近いものを感じる。それを振りきってまで、断る理由はない。

私の理性の問題は、自制心を全面的に頼ろう。

だめ押しとばかりに、再度握った手に力を込められた。

だめだ。これで断れる人間がいたとしたら、その人に私の自制心管理をお願いする。

「……条件に合う物件が見つかるまで、よろしくお願いします。だけど、退去費用はちゃんと自分で払うよ」

照れくさくて、へへっと笑うと、旺太郎も「うん」と力強く言ってくれた。

バタバタしたけれど、旺太郎の家へ引っ越しをしてきて、二週間が経った。

二階の陽当たりがいい角部屋を貸してもらっている。いくつかあるゲストルームの中で一番広い部屋らしく、ベッドがふたつ並んでいる。

だからこそ部屋は相応に広く、まるで毎日ホテルにでも宿泊している贅沢な気分にさせてもらえている。

大きなテレビに、備え付けの小さな冷蔵庫。バスルームやトイレもある。

可愛らしい猫足のアンティークドレッサーは、大晦日に旺太郎からもらった香水を飾るのにぴったりだ。

窓からは庭が一望でき、開ければ春の気配を感じる風がふわっと部屋へ流れていく。

そわそわ、わくわく、なんて言葉がぴったりだ。

さっき見たニュースでは、西日本では桜が咲き始めたと、ピンク色の花をいくつかつけた桜の木とそれを見上げる人々を映していたっけ。

吹きこむ風の中に、直に一斉に芽吹く命の匂いがして、思わず深呼吸をした。

旺太郎は私がひとりのときにも困らないようにと、洋館を隅々まで案内してくれた。

出入りしているハウスキーパーやクリーニング店、工務店や造園店の連絡先は、一覧にしてプリントアウトして渡してくれた。

それに、自分の名刺の裏にスマホの番号を手書きしたものもくれた。

『スマホに連絡先を登録してあるのに？』

『なにがあるか、わからないから。テレホンカードも一緒に渡そうか？　確か、どっかにしまいっぱなしになってるはず』

『うちの実家も、束にしてしまってあったよ。使ったことがないから、一度くらいは公衆電話から旺太郎に電話してみるね』

それから近所をドライブしながら、スーパーやドラッグストア、駅や病院などの場所を一緒に確認してくれた。

基本的に、朝は旺太郎が先に家を出る。夜は、私のほうが先に帰っていることがほとんどだ。

時間が合えば、ご飯を一緒に食べる。

私が作ったときにはキッチンから繋がる食堂でだったり、テイクアウトならコンサバトリーで一日の出来事を話しながらだったり。

ふたりでご飯を食べると、時間が進むのが速い。

ひとりのときは、この家の静かさを思い知る。

ここは夜になると、まるで海の底のようにしんとしていた。

こういう環境の中で、旺太郎はひとりでずっと暮らしていたんだ。

言葉にするには難しい感情が、私の目からじわじわと滲み出す。

私はランドリールームでひとり、洗濯機を回す。

自分の洗濯は自分でしたいと言うと、庭の端にタオルやシーツを干すロープを新たに張ってくれた。

下着や細かいものは、乾燥機を使わせてもらう。

洗濯はほとんど家事代行やクリーニングに頼んでいるというこの洋館のランドリールームには、最新の乾燥機付きドラム式洗濯機が鎮座していた。

キッチンもだけど、この家は最新機器が多い。もしかして、旺太郎は家事はあまりする時間がないけれど家電が好きなんだろうか。

オイルヒーターにあたりながら、ぐるぐる回る洗濯機をしゃがんで見つめる。

ここのところ、疲れが抜けない。

乳房が張っているのに、なかなか生理がこない状態がずっと続いている。たまに不順になることもあるから、きっと環境が変わって体がびっくりしてるんだ。やたら眠くて、今日は仕事中にあくびばっかりしてしまった。

部屋に戻ればいいのに、だるくて動く気力がわかなくて困る。壁かけの時計を見ると、二十一時を過ぎている。お風呂にも入らなくちゃ。

「まーち、やっと見つけた」

「旺太郎だ、おかえりなさい」

ランドリールームのドアが開いて、旺太郎が入ってきた。

私がここに越してきた翌日から、旺太郎は帰ってくると必ず私を探して声をかけてくれる。

「どう、こっちの駅からの通勤は慣れた？」

「うん。近いぶん、朝に余裕が出て助かってるよ。それに通勤路線が変わって新鮮な気持ち」

スーツのまま、旺太郎は私の隣でオイルヒーターにあたり出す。

私が不便に感じていることはないか、さりげなくこうやって聞き出してくれる。

旺太郎だって、いきなり友達と暮らすなんて気を遣って疲れているだろうに。

「夕飯に根菜カレー作ったんだけど、あんまり食欲なくて。良かったらお鍋に入ってるから食べてみて。ご飯も炊いてあるから」

「どうした。調子悪いのか？」

「んー……多分少しだけ疲れてるのかもしれない。ゆっくりお風呂に入って寝れば、元気になるよ」

ふうっとため息をつくと、旺太郎の手が伸びてきて額や首筋にあてられる。

どきりとしたけど、慌てるほどの元気がない。

「なんか、ちょっとだけ熱い……気がする」

「風邪ひいたのかな。うつるといけないから、離れたほうがいいかも」

扁桃腺が腫れやすい体質なので、風邪をひいたときにはまず喉の異変からくる。

だけど今回は至って喉は普通で、だからこそ油断してしまったかもしれない。

「早く部屋に戻ったほうがいい。あとで風邪薬を持っていくから」

「ありがとう。よし、この勢いでお風呂に入っちゃうね。さっきからずっと、入らなきゃな〜って考えながらもったいない時間を過ごしてたんだ。メイクも落としてさっぱりして、今日は早く寝るよ」

「じゃあ、俺はカレーいただくな。適当な時間に部屋に行くから、暖かい格好でいろよ」

ふたりして同時に立ち上がり、手を軽く振ってランドリールームの前で別れた。

それからお風呂に入ったけれど、長湯をした訳ではないのに気分が悪くなってしまった。

やっぱり風邪をひいているみたいだ。ゆっくりと体を拭き、パジャマを着て部屋へ戻ると少しして部屋のドアがノックされた。

「どうぞ」

ベッドに腰かけたまま、返事をする。

「具合は大丈夫か」

旺太郎がペットボトルの水と、風邪薬、それにオオサンショウウオのぬいぐるみを持ってきてくれた。

「わあ、久しぶりに会えた！」

「オオサンショウウオのマチさんも、まちに再会できて嬉しいって」

「ふふっ、マチって、勝手に名前つけてるし」

「まちの家からきたから、マチって名前にしたんだ。不思議だな、名前をつけて呼ぶとさらに可愛く見える」

　旺太郎はずいぶんと、ぬいぐるみを気に入ってくれているみたいだ。『マチ』と名付けられたぬいぐるみもすっかり旺太郎の家の子みたいな顔をしている。

　旺太郎は隣に座ると、マチを置いてすぐに体温計を渡してきた。

　それを腋に挟んで、検温が終わるのを待つ。

「さっき、お風呂で気持ち悪くなっちゃった。やっぱり風邪ひいてると思うから、旺太郎は部屋に戻ったほうがいいよ。風邪がうつって熱なんて出したら大変だもの」

「熱があるか確認して、必要なことができたら戻るよ」

　検温が終わる音がして、腋からごそごそ取り出す。

「……三十七度二分、微熱だ」

　微熱を出してはいるけれど、やっぱりいつもの風邪とは違う。寒気も、喉の痛みもないなんて初めてだ。

「今夜は早く寝たほうがいいな。寒くなるかもしれないから、追加の毛布と加湿器を持ってくるよ。さぁ、髪を乾かすからドレッサーの前に座って」

　のろのろとベッドから移動してスツールに座ると、半乾きだった髪を旺太郎が丁寧に乾かし始めてくれた。

髪をブラシで優しくとかしてくれる気持ちよさと、ドライヤーの温風でうとうとしてしまう。

「まち、あとちょっとで乾かし終わるから。寝るのはベッドでだ」

「……うん、はい」

ゴーッと、私の安いドライヤーは轟音《ごうおん》を放ちながら温風を吐き出す。

「頑張れ」

目をつむり、意識があっちこっちしている間に髪は乾いたようだ。

耳元が急に静かになって、飛ばしていた意識が戻る。

目を開けると、ドレッサーの鏡の中に私と旺太郎が映っている。

「旺太郎の前で、すっぴんを晒すのにも不思議と慣れてきたみたい。ふふ、変な感じ」

「まちは、メイクをしててもすっぴんでも、どっちも綺麗だよ」

「……旺太郎って、友達に甘過ぎない？」

「どうだろうなぁ。友達は初めてだから、わかんないな」

ふたりして笑い合う。そうして、旺太郎は毛布や加湿器を取りに一度部屋を出ていった。私はもう待っていられなくて、ふかふかのベッドに潜り込む。

旺太郎が声をかけてくれたら、起きるつもりだった。

十分、いや五分でいい。少しだけ眠りたかった。

持ってきてくれた風邪薬は、起きたらすぐに飲もう。

目を閉じると、すぐに眠気に意識も体も取り込まれてしまった。


普段とは違うかけ布団の重さで、目が覚めた。

薄くまぶたを開けると、ベッドサイドの柔らかで小さな明かりだけが灯っていた。

手だけを出してかけ布団の上を触って確認すると、羽毛布団に何枚か薄い毛布が重ねてかけられていた。

重さを感じたのは、これか。旺太郎がかけていってくれたんだろうな。

朝になったらお礼を伝えなくちゃ……って、あれ？　あっちにオオサンショウウオのマチを置いていってくれたのかな。

薄暗がりの中で裸眼をこらして見ると、隣のベッドには旺太郎がこっちを向いて眠っていた。

「……わっ」

びっくりして、思わず声が出てしまった。眠っている旺太郎には届かなかったらしく、気づいて起きる気配はしない。

どうして隣のベッドで寝ているんだろう。疑問は尽きないけど、寝顔が眺められるのはラッキーだ。近くに眼鏡を置いておけば良かった。いまはドレッサーの上にあるのが悔やまれる。

見えないなら、寝息を聞こう。自分でも変だなと思うけど、好きな人が生きているさまを全力で感じたい。

耳を澄ますと、微かにすうすうと行儀正しい寝息が聞こえる。

自分が呼吸する音が邪魔で、息を止めると苦しい。当たり前だ。

そんなことを繰り返していたら、また気分が悪くなってきた。

「薬、先に飲んどけば良かったなぁ」

こっそりと呟く。

旺太郎がそこにいる。単純に嬉しくて、また眠るのがもったいなくて。

だるさの抜けない体のまま、視界のピントを合わすために眉間に皺を寄せながら、旺太郎の寝顔を凝視していてふと気がついた。

生き物の本能か。旺太郎がそばにいたからか。

あることが、突然天啓のように頭に浮かんだ。

――生理の予定日って、いつだったっけ。

たまに不順になるくらいで、基本的には周期をだいたい守ってきていた生理。

引っ越しなどでバタバタして、疲れのせいで遅れているとばかり思っていた。

本当に、ただ遅れているだけ？

心当たりがひとつだけある。

先月、旺太郎と……だけど避妊具がなかったから、旺太郎は私の中で欲を吐き出すことはしなかった。

外で出したって、そんなの避妊にならないのは大人の常識だ。

旺太郎はコンビニまで行って避妊具を買ってくるって、誠意を見せようとしてくれたのに。

離れないでって、旺太郎が冷静になってしまうのが怖くて無理を言ったのは正真正銘、私だ。

リスクよりも、与えられる熱を選んでしまった。

ドクッドクッと、動悸《どうき》のように心臓が脈打つ。

「まさか……」

生理の遅れ、微熱、だるさ。うっすら胃の辺りがムカムカしてきた。

リーチ状態のビンゴカードを、手に握らされた気持ちだ。

不安、戸惑い、だけど絶望は決してない。

じわり。なんの感情からかわからない熱い涙が出てきて、旺太郎の寝顔はとうとう見えなくなってしまった。


翌日、仕事の帰りにドラッグストアで生まれて初めて妊娠検査薬を買った。

帰ってきて、何度も深呼吸をしながらトイレで試す。

一分ほどで、ふたつの窓には線がはっきりと浮かんできた。

まっすぐに見ても、斜めから見ても、両方にしっかりと線が浮かんでいた。

妊娠してる。

私、旺太郎の赤ちゃんを、妊娠しているんだ。

真っ先に、お腹の赤ちゃんに愛おしいという感情がわいてきた。

どんどんあふれて、ふうっと息が漏れる。

それからすぐに、思い出す。

『妊娠したって言われたときも、ただ怖いと思ってしまった。責任感だけで、子供と彼女を愛せるかわからなかったんだ』

いつか私に話をしてくれた、旺太郎の過去のトラウマになってしまった出来事。

「……旺太郎には言えない、言える訳ない」

傷ついた旺太郎の言葉がいま、身勝手な私の口を塞いだ。

八章

『多分、季節の変わり目と、あとあれだ！　微熱は花粉症になっちゃったからみたい。しかも初めて飲むアレルギーの薬で眠くて。だから心配しないでね、大丈夫だから』

熱を出した翌日。まちはそう宣言してから、俺が心配するのを禁止だなんて言うようになった。

ＣＭで見る、眠くなりづらい花粉症の薬を買って渡しても『ありがとう』と受け取っただけで、飲んでいるところを見たことがない。

乳酸菌飲料が花粉症の改善に効果があると聞き、声をかけてキッチンの冷蔵庫へ入れておくと、それは喜んで飲んでくれた。

その乳酸菌飲料を買って帰った夜。ちょうど食堂ではまちが食事をとっていた。

「おかえりなさい」

「ただいま。これ、買ってきたからまた明日から毎朝飲んでみて」

「わ、ありがとう！　良かったらお味噌汁温め直すから、このまま一緒にご飯食べない？」

食事中だったにもかかわらず、まちはキッチンに来て小鍋の中の味噌汁を温め直してくれる。

「今日はやけに白米が食べたくて、二合も炊いちゃったんだ。だけどお茶碗一杯食べたら、やっぱりお腹いっぱいになってきちゃった」

「あるよな、そういう日。俺はファストフードだけど、やけにポテトが食べたくてふたつ買っても途中から飽きたりするときがある」

捨てるのも忍びなくて、冷めたポテトをいつまでもそもそ食べ続けたりする。

「あるねー。あっ、今晩は白米がメインだから、おかずは質素なんだけど美味しいよ。シラスに納豆、明太子にほうれん草の胡麻和《ごまあ》え。朝ご飯みたいな内容だけど。秘蔵のイカの塩辛も出しちゃおう」

「炊きたての白米に熱い味噌汁があれば、それだけでも十分なのに。そこに明太子や塩辛なんてご馳走だな。秘蔵、ご馳走になる」

「旺太郎って、意外と質素だよね」

「そうか？　家に帰ってきて、あったかい飯をすぐ食えるだけで最高だろ。手、洗ってくる」

洗面台で手を洗い、食堂に戻ってスーツのジャケットを脱いだ。

炊飯器を開けると、艶々の白米のうまそうな匂い。それを自分の茶碗に盛る。それを持ってテーブルへ着くと、いくつもの小鉢に少量ずつのおかずと、湯気が立つ熱い味噌汁が並べられていた。

うまそうで、さっそく腹が鳴る。

「いただきます」

「はい、いっぱい食べてね。この中のおすすめおかずは、炙《あぶ》った明太子です」

まちも自分の食事を再開する。

ちらっと顔色を確認する。悪い感じはしない、今日は調子がいいのかな。

「私さ、今週末に実家に行ってくるね」

さらり、と言うので、飲み始めた味噌汁でむせてしまった。

「……げほっ。な、なんで。まさか、お見合いかっ？」

「違うよ。そのお見合い話を諦めてくれなくてさ。しまいには『付き合ってる人を連れてきたら諦めるわ』なんて言うんだもん。……もしかしたら、試されてるのかもしれないなって」

「試されてるって、なにを……」

「旺太郎の、偽物彼女の件。考えたら、あの一件が母の耳に入らないはずがないの。

母は私がこれ以上騒ぎを起こして岸グループに迷惑をかけないように、一刻も早く目の届く地元に戻して身を固めさせようとしてるとしか思えない。一度きちんと会って、戻るつもりがないことを改めて母に話したくてさ」

「お母さんは、まちと俺との交際を信じてないってことか」

「ふふっ、実際付き合ってないしね」

「……そうだけど」

俺の軽率な頼みのせいで、まちに大きな迷惑がかかってしまった。

このままじゃ、まちにとって良くない方向へ事態が動いてしまう。週末に地元へ戻ったまま、帰ってこられなくなる可能性だってあるかもしれない。

俺が招いた事態だ。

巻き込まなければ、まちが月野木の娘だってこともバレずに、静かに暮らしていけたんだ。

申し訳なくて、まちから見えない膝の上で握った拳にギリッと力が入る。

「旺太郎……？」

黙ったままの俺に、まちが不安そうに声をかける。

「俺も……一緒に行く」

「なんでっ」

「今度は、俺がまちの彼氏役をやる。まちが俺を助けてくれたように、今度は俺が助けたい。まちのご両親に嘘をつくのは申し訳ないが、大事な人なのは間違いないんだ。このまましばらく恋人の設定で押し通そう。いま一緒に暮らしていることも報告しよう」

ここで、引く訳にはいかない。行動できなかったあの頃とは、違う。

俺は、まちの健やかな生活を守りたい。

元気になって欲しい。『寂しい』と言ったまちが、いつか傷を癒して元気になるまで見守りたい。

食堂の柱時計の秒針が進む音が、やけに大きく聞こえる。

まちは目を見開いて、それからテーブルに視線を落とした。

「旺太郎にまた、迷惑かけちゃう。どうしてそんなに優しいの」

「そんなの、お互いさまだろ。それに、お母さんが俺を連れてこいって言うんだ。ありがたい機会だと思って伺うよ。爺さまが世話になっているお礼も伝えたい。巽が行ったことがあるまちの実家に、俺だって行きたい」

最後は、わざと子供っぽく言ってみた。

まちが、『子供みたいで変なの』って笑ってくれるように。

翌日。『友達の話』として持参する手土産の相談を佐藤にしたら、すぐにリストアップしてくれた。

前日は、緊張のあまり寝付きが悪くなってしまった。マチを抱き寄せて、ふわふわの腹に顔を押しつけて無理やりに目をつむった。

夢の中では、ひとりでぐるぐると車で道に迷い目的地に辿《たど》り着けず、絶望する悪夢を見た。

つきのき旅館は、都内から車で一時間半ほどの距離にあった。

温泉地でもあり、また昔から観光保養地として有名な丘陵地だ。高台には別荘が建ち並び、人工ビーチは毎年賑わうという。

午前十一時。都内を出発してから、途中渋滞に引っかかりながらも到着できた。

ここにはいくつもの、それこそ新旧のホテルや旅館が存在する。

けれど、市街地から離れた高台にある森の奥に佇むつきのき旅館は、まるで雰囲気が違っていた。

まず離れた場所にある駐車場へ車を停めて、川にかかる小さな橋を歩いて渡る。

その先に現れる伝統的な日本建築の本館は、文化財に指定されるに相応しく、荘重なさまでそこにあった。

「うわ……！」

苔むした石灯籠《いしどうろう》に、樹齢を想像することもできない大きく樹形のいい松の木。

本館の入母屋造《いりもやづくり》の立派な屋根を見上げて、声が出てしまった。

決して誰かれ構わず招くのではなく、むしろこの建物に認められた人間しか立ち入れない。

長い年月を経て、そんな神域に似た気配さえ漂わせている。

「綺麗でしょ。明治創業だから、メンテナンスが大変でって……旺太郎のおうちと一緒だね。木造建築だから、とにかく火の気には特段に厳しくて」

「これは……ここまでの状態を保っているんだ、よっぽどの気配りと信頼できる職人がいないと無理だろう」

まちは、ただ愛おしそうに旅館を見ていた。

嬉しそうだけど、やっぱり寂しそうな横顔だ。

「うちは、この敷地の奥にあるの。今日はそっちに案内するね。本館には宿泊客がいるだろうし、あんまり近づかないでおこう」

「自宅って、まさか本物の実家か？」

「だって旺太郎、私の実家に来たかったんでしょ？　それに、妹が昼間に別館からちょっと顔を見せに来てくれるみたい。母も、普段は人を自宅には呼んだりしないから……旺太郎と落ち着いて話がしたいんだと思う。お手伝いの人が妹の……私の姪《めい》っ子と留守番してくれてるから」

本館の脇を通る小道をしばらく歩いていくと、本館の離れといっても過言ではない日本家屋が見えてきた。

その門の外から、着物姿の若い女性と、小さな女の子がこちらを見ている。

女性は距離が縮むうちに、みるみる泣きそうに顔をくしゃくしゃにして、ついに叫んだ。

「お姉ちゃんっ！」

そうして小走りで駆け寄ってきたかと思ったら、そのままの勢いで、まちに強く抱きついた。

「お姉ちゃん、お姉ちゃん……！」

「……みき」

まちは女性を抱き止めて、なだめるように背中をさすっている。

突然の出来事に対応しきれずにいると、門の前で置き去りにされ一部始終を見ていた女の子も「うえーん」と泣き出した。

「ま、まち、あの子、どうしたらいい？　俺が接触しちゃうと通報案件にならないかっ」

「みき！　あの子、この人に任せてもいい？　みき、聞いてる？」

女性は感情がたかぶり、言葉にならないらしい。ただ大きく強く、まちに抱きついたまま頷いている。

「あの子、お母さんが急に泣き出してびっくりしてるんだと思うの。しゃがんで、目線を合わせて、優しく話しかけてあげて。無理に抱き上げなくていいから、お母さんは大丈夫だよって話しかけて。お願い」

俺にそう頼むまちも、いまにも泣きそうだ。

「わかった。頑張る」

まちの背中をぽんと叩く。内心、俺も泣きそうだけど……あの女の子のほうが何倍もパニックになって悲しいはずだ。

門の前で泣く女の子に近づく。俺は人より大きいほうだから、ずんずん進んだら怖がらせてしまうだろう。

学生の頃に教科書で見た、猿から人へ進化する有名な過程図を左右逆にして、頭に浮かべる。

俺は猿だ、意識して、小さくちいさくなれ。

ゆっくりと徐々に、威圧感をなるたけ与えないように腰を屈めながら、女の子の前では膝を地面につけた。

赤ちゃんだ。いや、赤ちゃんではないのだけど、ついこの間まで赤ちゃんだった子供だ。

あまりの幼さに驚き、思わずまちを振り返る。まちは女性の肩口に顔をうずめていた。

泣いているのか。いまは助けを呼べる感じではない。

改めて、女の子と向き合う。

無表情じゃだめだ。必死に表情筋を緩める。目線が合う。猫毛の細い髪をふたつにしばり、丸いおでこが可愛らしい。

涙があふれるはっきりとした大きな目……ああ、まちに少し似ている気がする。

きっとまちの子供の頃は、こんな感じだったんだろうな。無意識に似たパーツを探してしまう。

「……こんにちは。びっくりさせてしまって……ごめん。お母さんは、きっともうすぐ戻ってくるから大丈夫だよ」

女の子は泣きながらも、突然現れた俺の顔を見て、話を聞いている。聡《さと》い子だ。

「良かったら、このハンカチを使って。涙を拭くの、わかるかな」

ジャケットからハンカチを差し出して、自分の目の下にあてて涙を拭く真似をしてみせる。

それから手元に差し出すと、おっかなびっくりという風に受け取ってくれた。

「……こう?」

小さな手でハンカチを不器用に掴み、目元にぐいぐい押しつける。

「うん、うまい。もう少し優しくてもいいけど、上手に拭けたから涙も止まったろ?」

返事はないけれど、今度はそうっと目に押しあてている。

幼いのに、俺の話を理解し行動しているなんて感動だ。

そのときだった。門の奥、玄関の引き戸がカラカラと軽やかな音を立てた。

子供はパッと顔をそちらに向けて「ばあば!」と声を上げた。

「岸さん、今日は遠いところまで御足労ありがとうございます。まちの母でございます」

藤色《ふじいろ》の着物姿の女性だ。芯の強さ、自信が立ち姿にあらわれて、それが貫禄を与えている。

厳しそうな眼差しの中に慈愛を滲ませているのは、俺のそばにこの女の子がいるからか。

立ち上がり、身なりを整える。

「……初めまして。岸旺太郎と申します。こちらで祖父がいつもお世話になっています」

緊張のあまり、多少ぎこちなくなってしまった。

頭の中で何度もシミュレーションして練習したセリフだ。うまく言えただろうか。

まちのお母さんは「急かすようで申し訳ありませんが」と言って、家の中へ招いてくれた。

和室に通されたのは、俺ひとりだった。

まちと、あのあとすぐに名乗ってくれた、まちの妹のみきさんは別室で待っている。

まちは最初、俺と一緒にいると言ってくれたけど、お母さんは俺と話がしたいとその願いを突っぱねた。

　通された和室からは庭が見え、小さな桜の木が花を咲かせている。いい草のいい香りがする畳に、テーブルにあぐら椅子。床の間には花が活けられ、昔よく行ったハルの家に似ている雰囲気にほっとする。

　ここに来るまでにも道路沿いに咲いた桜を見てきたけれど、ようやく落ち着いて眺められた。

　まちのお母さんは、まず熱いお茶を淹れてくれた。

　それから、午後に宿泊客が来るまでのわずかな時間しか割けないことを詫びた。

「年末に、岸グループのパーティーでまちがご迷惑をおかけしたこと、申し訳ございませんでした」

　向かいから、深々と頭を下げられてしまった。

「……こちらこそ、まちさんに迷惑をかけてしまいました。まちさんは決して騒ぎを起こそうとした訳ではなく、むしろ俺やこちらの親族に全面的に非があります。申し訳ありませんでした」

　この機会に、まちのお母さんに謝罪できて良かったと思う。どう話が伝わっているかわからないから、あのパーティーでの出来事を直接説明したかった。

「まちさんは、自分の事情もかえりみず、困って無理を言った俺を助けてくれました。見捨てることだってできたのにです。俺を悪く言う者に対して、毅然《きぜん》とした態度でいてくれたと聞いています。その場に俺がいなかったので、まちさんには怖い思いをさせてしまい……すみません」

「……岸さまが、宿泊された際に仰《おっしゃ》っていました。『うちの孫が、娘さんに迷惑をかけているようですまない』と。ただ、心配なことが多い孫だから、ふたりが恋人でも友人でも……いい付き合いをしているなら見守ってやって欲しいとも言われました」

爺さまは、どこまで見透かしているのか。

「岸さん……。正直に言ってください。まちとは正式なお付き合いをしている訳ではないですよね？」

俺の目を見つめる瞳は、少しでも嘘をつこうとしたらすぐに見抜こうとしている。

いや、実際にすぐバレるんだろう。まちが俺を見る目と、同じだ。観察眼というんだろうか。

嘘はつかない。ただ正直に、まちへの気持ちを話そう。だってこれは、嘘では決してないのだから。

「……俺は、まちさんが好きです。この歳で生まれて初めて、人を好きになりました。

正直に言うと……俺はまちさんには男として見られていません。友人止まりです」

「まぁ……本当に？」

「はい。だけど、振り向いてもらえないからといって、離れようとは思えないんです。俺と知り合ったとき、まちさんは傷ついていました。それはいまも癒えずにいます。俺は……いつかまちさんが『寂しい』なんて言わなくなるまで、友人のままでもいいから見守りたい」

「……まちが、寂しいって言ったんですか」

まちのお母さんが、ほんの少しだけ動揺しているように感じる。

「はい。俺はまちさんから、ここでなにがあったかを聞いていません。上京した当初のことも知りません。いつか話してくれればと……待っているところです。ただ先日、『寂しい』と口にしてくれました。友人になって、まちさんが抱えている気持ちの断片を初めて見ました」

まちのお母さんは、目を閉じて、深く息を吐いた。涙が出るのを堪える、そんな仕草に見えた。

「私は……長女のまちを、つきのき旅館の次世代の女将にしようと厳しく育てました。まちの将来も結婚相手も、私が決めたんです。けれどそれは結果的に……たったふたりしかいない娘たちを不幸にしてしまった。つきのき旅館の女将としての選択は間違っていませんでしたが……ふたりの娘たちの親としては間違えたのかもしれないわ」

これだけの老舗旅館だ。きっと代々生まれる女系が女将になり支えてきたのだろう。『寿珠花』だってそうだ。俺も岸の家に生まれた瞬間から、用意された将来へ向かうレールは一本しかなかった。

「俺が知っているまちさんは、優しくて気配りができて……いざというときには驚くほどの豪胆さで俺を助けてくれます。お寿司が好きで、お酒が好きで……俺から見えている部分はまだほんの一部です。底知れない寂しさや怒りを、誰にも見せないように抱えているのかもしれない」

アパートで元彼の荷物を片付けたときの、不意に見せた疲れた顔。

巽と一緒にうちに寄ったときの、戸惑った顔。

笑顔だけではない、まちの表情はいつも俺の胸を切なく苦しくする。

「もし、まちさん本人が自分を不幸だと思っているなら。幸せだって、それが口癖になるくらい、いつか俺が言わせたい……です」

「まちは……愛されているのね。でもあの子、情が深過ぎるあまりに鈍感なところもあるでしょ」

「俺はまだ恋愛初心者なので、そのくらいがいいんですが……いまは腹いっぱいうまいものを食べさせて、健やかな生活を見守るのに注力しています」

ふふっと、さっき曇ってしまった、まちのお母さんの表情がやわらぐ。

最初は緊張感に包まれていた和室の空気も、穏やかになっていった。

「まちさんの見合いの話は、取り下げてもらえませんか」

お願いします、と誠意を込めて頭を下げる。

何度だって、見合いを諦めてもらえるまでお願いするつもりだ。

「岸さん。頭を上げてください」

「……見合いの話、なかったことにしてもらえますか」

「……岸さんて、本当にまちのことが好きなんですね」

いつか聞いた、その言葉がまちにそっくりで、驚いて頭を上げてしまった。

まちのお母さんは、まちに似た顔でにっこりと微笑んでいた。

「まちがもし、岸さんにご迷惑をおかけしているようでしたら……こちらに戻そうと考えていました。見合い話は、その口実です。まちがここに戻りたがらないのも、百も承知です。なので、いま北海道に新たなホテルを建てる計画がありまして、そこをまちに任せようと……本当は、こうやってまちとちゃんと話をすれば良かったんですよね」

「なら、見合いは」

「ありません。岸さんが来てくださって、直接お話が聞けて良かった」

「なら、北海道へは……」

「いまは諦めます。でももし、まちがこちらを頼ってくれることがあれば、私はまちに今度こそ必ず安心できる居場所を作ってあげたい」

居場所、と聞いてまちが『大事なときに、選ばれないほうの人間』と自分のことを言っていたのを思い出して、じくりと胸が痛んだ。

話し合いが終わると、お母さんは時間だと言って本館へ向かう準備を始めた。

それを見送るまちと、お母さん。ふたりは短い会話を交わし、別れた。まちはいつまでもお母さんの後ろ姿を見ていた。

まちの妹・みきさんは何度も繰り返し「姉をお願いします」と頭を下げた。

みきさんの娘・はなちゃんは、みきさんの後ろから別れ際に手を振ってくれた。

まちの実家から、本館の横を抜けて駐車場へ戻る。来たときにはなかった国産高級車が、何台か停まっていた。

「まだ、だいぶ陽が高いね。っていうか、私今日ほとんど妹としか喋ってないよ。お見合いの話も、嘘だったなんてさ」

まちはそう言うけど、嬉しそうなので黙っている。

「だけど、俺はまちの育った家や場所が見られて良かったよ。まだ二時前だ、どこか寄っていこうか？」

「海沿いの人工ビーチに行ってみない？　整備されてて綺麗だよ。ゆっくり旺太郎に話したいこともあるんだ」

凛とした声。俺を見上げるまちの目は、穏やかに凪いでいる。

大事な話なんだと、聞かなくてもわかる。

「うん。俺も、お母さんとどんな話をしたか、まちにも教える」

片想いのさまを思いきりぶちまけた、とは言えない。けど、お母さんがまちを心配していることは話そう。

海沿いの道に出て、浜辺へ下りやすそうな有料駐車場へ車を停めた。

春の海は、太陽の光を一面に受けてキラキラと光っている。

穏やかな風は、名前を知らない春の花の香りを含んで、鼻先を軽くくすぐっていった。

砂浜特有の踏み出すたびに足の裏が沈む感触に慣れるまで、自然とまちと手を繋ぐ形になった。

「わ、砂浜を歩くなんて……いつぶりか覚えてないから、ははっ！　変な感じだ！」

「あはは！　はしゃいでるね、私も久しぶり」

笑うまちの髪が陽の光に透けて、それが綺麗でずっと目に焼きつけていたくなる。

こんな春の日。好きな人が浜辺で笑う姿というのは、自分が求める幸せの形をしているのだと思い知る。

離れないように握った手のぬくもりも、靴の底に入った砂の感触も、まちに関する全てが記憶に刻まれていく。

「このままでいいから、聞いてくれる？」

まちは浜辺の真ん中で、手を繋いだまま海のほうを眺めながら言った。

「……私ね。つきのきを継ぐために、子供の頃から自分なりに頑張ってきたんだ。長女だし、お前が女将になるんだよって言われ続けてたし……なら、自分にはそれしかないなって思ってたの。他になりたいものもなかったしね」

「うん。俺も似たようなもんだ」

海から吹く風がなければ、時間が止まったようだ。

「だから、高校生のときに、地元の同じ旅館業の同級生と将来の結婚が決まってても……そういうものかって。廃業寸前だったその同級生の実家の旅館を、息子がうちにお婿に入ることを条件に資金的に助けたんだって。親同士には、都合が良かったみたい」

「同級生が、いきなり結婚相手になったのか……？」

「そう。ラブコメディの漫画みたいだよね。でもクラスは別だったし、改めて親睦を深めようって感じでもなかった。避けられてる気もしたけど、仕方がないなって思ってたんだ。気になるとか、好きって気持ちも生まれなかった。ただ漠然と、いつか時期がきたらこの人と結婚するのかってさ」

親が決めたとはいえ、まちに将来結婚を決められた相手がいたことにショックを受ける。

「そいつ、いまはどうしてるんだ？」

羨まし過ぎて、嫉妬心さえ出てきた。

「元気にしてるみたいよ。今日はお父さんと北海道に視察に行っちゃってていなかったけど。はなちゃん、昂二《こうじ》くんの面影があってびっくりしちゃった」

「はなちゃんて……さっき会った……？」

「……うん。昂二くん、みきと結婚したんだよ」

ぽかんとしてしまい、言葉が出てこない。

昂二って男は、まちの将来の結婚相手だった。だけど、実際にはまちの妹のみきさんと結婚した？

「驚いてるね」

「なんで？って疑問で頭がいっぱいだ」

俺が変な顔でもしていたのか、まちはたまらないとばかりに、くつくつと笑う。

「簡単に言うと、昂二くんとみきは、誰にも知られないように付き合ってたんだ。私との結婚が決まる前からね。それから私のために何度も別れようとしたけど、やっぱり好きで諦められなかったみたい」

事態は、俺の想像の斜め上をいく。

「だけど、言えないじゃない。昂二くんの実家の旅館は結婚の約束のおかげで助かって、私も大学卒業して本格的に女将修業が始まってしまった。それでもふたりはお互いに愛し合っていて……つらかったと思う。そんな中で、みきが昂二くんの子供を妊娠したの」

ほんの微か、繋いだ手にまちが力を込めたのが伝わってきた。

「妊娠って……」

嫌な感じに心臓が鼓動を打つ。言葉にするには難しい嫌悪感が、胸からせり上がってきた。

「みきは昴二くんとここから逃げる訳にもいかない。だからって子供を堕ろす選択肢は初めからない。なら、私の代わりに、つきのきの女将になるってね。『お姉ちゃん、お願いします。昴くんを、私にください』って、畳に額をこすりつけてみきがお願いしてきたんだ。子供を産みたい、殺したくないって……泣きながら土下座するんだもん」

「それは、まちにあんまりな話じゃないか……っ」

「私の返事ひとつで、ふたりとお腹の子供がどうにかなっちゃうんだって思ったら……悩んで悩んで、自分の居場所を明け渡すのが正解に近いのかもしれないって、その結論に辿り着いたの」

まちは、ひとつ静かに大きく息を吐いた。

「女将を継ぐはずだった月野木まちは、『女将になんて絶対にならない』って親に散々悪態をついて絶縁され、飛び出してそれっきり。昴二くんとみきは、世間体を気にした親がそのまま結婚させて……うまくまとまって良かったよ」

誰を責めたらいいのかわからない怒りが、繋いだ手から伝わらないように願った。

まちを取り巻いていた人間の中に、あと少しだけまちを気にしてくれる人間がいてくれたら。

それが、悔しくてたまらない。

「まちの、その悪態だって本心じゃなかったんだろ」

「そうだねぇ。『お母さんみたいにはなりたくない』って言ったときには、さすがに胸が痛んだし、お父さんにひっぱたかれたよ。でもさ、こうでもしなきゃ、はなちゃんは守れなかった。私も大変だったけど、あのあと結婚したみきと昴二くんのほうがもっと大変だったと思うよ……」

あとから事情を知った人間の、驚きと怒りは計り知れない。

残ると決めたふたりも、針のむしろだったろう。

「だけどみきのほうが女将に向いてるし、終わり良ければ全て良しってね。お母さんはみきから全部聞いて、あとから連絡くれたから……悪態は謝れて良かった」

いい訳ないじゃないか。

まちが、つきのき旅館のことを好きだったこと、考えていたことは、今日で十分にわかった。

家族も生まれ育った家も、女将になる将来も、全て妹の子供のために捨てたまち。ひとりぼっちで上京して、新たな生活になにを思ったのだろう。

「まちを、無性に甘やかしたくなってきた」

「私、強いから大丈夫だよ。昴二くんだって、『お前は強いな』って最後に会ったときに言ってた。私はみきみたいな、守りたくなるようなタイプじゃないから」

まちが自分自身を守るための、言葉だ。

「まち、聞いて。強いんじゃなくて、強くならざるを得なかったんだ。昴二って奴はそう言って、自分が安心したいだけだ。まちは強いから大丈夫、フォローはいらないんだって。でもそれは違う」

もっと早く知り合いたかった。元彼よりも、その昴二って奴よりも、早く。

「俺がこの街に生まれて、まちと友達になれていたら。まちの話をしっかり聞いて、手を握って。一緒に悩んで、絶対に味方だよって言ってやりたかった」

まちが、繋いだ手に力を込めてきた。

海風に遊ばれる髪の隙間から見える白い頬に、ぽろぽろ涙が流れている。

まちはきっと、たくさんのことを思い出して心の整理をしている。

波の奏でる音を聞きながら、邪魔にならないように水平線に視線をやる。

「……ありがとう。なんか、あのときの私がいま旺太郎に救われたよ。誰かに助けてって言いたかったの……うん、そうだった。どうしようって、強がっていないと心が折れちゃいそうで」

つらかった、という言葉は消えそうなくらい小さかった。

遥か先まで広がる、その海の端っこで。

世界中を気ままに旅する風の中で。

心に秘めたほんの小さな欠片を、取り出して俺に見せてくれた。

まちは自分から抱え込んだ気持ちをまた伝えてくれた。

「そうだよ、つらくない訳ないじゃないか。言えて偉い、まちはよく頑張った。だから、今日は俺がいっぱい甘やかす！　マグロ一本、買って帰ろう」

「あはは、誰が解体するの！　それに冷蔵庫に入らないし。マグロ一本って一般人が買えるものなの？」

「じゃあ、業務用冷凍庫も注文しよう。卸業者を紹介してもらおう」

「ふふ、普通にお寿司食べに行こうよ」

泣いていたまちが、笑い始めたのでほっとする。

「旺太郎。今日は一緒に来てくれて、お母さんと話してくれてありがとう。どんな話をしたか、帰りにじっくり教えてね」

「えっ、あ、うん。なんか、爺さまの話とか、まちは元気にしてるかとか……そういう話をしたんだ」

「本当に？　なんだか急にお見合い話はなくなったとかお母さんは言うし……なんかあやしい」

「あ、あやしくないって」

そんなやり取りをしていると、どこからか爆発を繰り返すようなドカーン、ドカーンと不思議な音がしてきた。

「あ、ごめん、電話だ」

まちは、ためらったように俺を見た。

それから意を決したように手を離すと、鞄の中からスマホを取り出した。

「着信音だったのか……」

「独特だから、自分のだってすぐわかるでしょ……あっ、友達からだ。ごめん、ちょっとだけ電話出るね」

まちがサクサクと砂浜を歩き、離れる。

手のひらに、風がすうっと通る。まちが残した熱が消えていく。

「……うん、うん。わ、物件見つかったんだ」

ブッケンミツカッタ……ブッケン……物件！

短い期間とはいえ、まちとの生活にすっかり慣れた頭は、『物件』という意味を理解することに拒絶反応を見せた。

まちが見つかったという物件を気に入ってしまったら、引っ越してしまう。

うちから、いなくなってしまう。

どこだ、まちが契約を結ぶ前に、その物件を押さえてしまおうか。

できるだけ情報を得ようと必死に耳を澄ませたけれど、タイミングの悪い強風が吹き続いて、肝心な情報はほとんど聞き取れなかった。

九章

お腹の子供とふたりで生きていこうと決めたら、まずやらなきゃならないことの多さに目眩がした。

それはそうだ。人がひとり、この世に生まれるんだ。

頭の整理をしながらひとつひとつ、スケジュール帳のノート部分に書き込んでいく。

こうでもしていないと不安に押しつぶされそうになってしまう。

大切なことなのに、旺太郎には打ち明けられない。

実家にも頼れないとなれば、自分でなんとかするしかない。

妊娠検査薬を使った数日後。午後休をもらって区の大きな総合病院へ行った。

口コミが良かったのと、不安がまぎれるように、なるたけ人が多くてざわざわとしているところに身を置きたかった。

産婦人科で改めて検査してもらい、間違いなく妊娠していることがわかった。

超音波検査で、初めて赤ちゃんの心臓が動いているのを見た。

生きてる。

命が、育っている。

それから母子手帳をもらいに行って、病院で先生がくれた白黒のエコー写真を挟んだ。

黒い丸の中に、白く見える赤ちゃんがいる。

まだ頭も足も手もわからない、丸っぽい形。

けど不思議と、世界で一番可愛いと思う。

母子手帳の私の名前欄は、当たり前だけどいまの名字のままだ。

一生変わることはないだろうと、指先で撫でた。

新しい引っ越し先を探してくれている友人に、都外の物件も紹介可能かすぐに連絡を取った。

妊娠が旺太郎に知られないよう、お腹が大きくなり始める前に、ここを離れなければいけない。

都内ではリスクがあるから、いっそ家賃節約も考えて都外にめぼしい物件があるか探してもらう。

子供が夜中に泣いても大丈夫そうなファミリー向け物件で、貯金をなるたけ崩さないで家賃が払えそうな相場のところ。

それに、仕事部屋も欲しい。築浅でなくても構わない。

免許はあってても車は持っていないので、交通機関が最低限でもあるところなどをお願いした。

なにも知らない友人は不思議がっていたけれど、『妹の子供を預かる機会がしばらく増える』と誤魔化した。

それから事務所の上司だけに、妊娠したことを報告した。

出産後も仕事を続けていきたい、これから都外への引っ越しを考えているため、環境が整い次第完全なリモートワークに移行したいとも相談させてもらった。

未婚の私の妊娠に心配し、驚きながらも、すでに何人かリモートワークの社員がいるので話は早かった。

私が元彼と別れたことを、最近なんとなく察している風だったので、いろいろと誤解しているのかもしれない。

けれど、話が進むならそのままでいい。

体調は、あまり良くない。

未知の生活に突入する準備は、頭を下げる連続だ。

すみません、お願いしますと言うたびに、胃液がせり上がり気分が悪くなった。

旺太郎が好きだ。

私が作った簡単なお味噌汁を食べながら、「中学生まで、麩《ふ》をずっとパンだと思ってた」なんて可愛いことを言うから、さらに好きになってしまう。

初めて会ったときには、あんなに誰も寄せつけないオーラを出していたのに。

まさか親しくなったらこんなに優しくて、人をぐいぐい惹きつけるタイプだとは思わなかった。

「まちは、お麩がパンじゃないっていつ知った？」

こんな無邪気な質問が、遅い夕飯の席で顔面国宝から飛び出す。

今夜のお味噌汁の具は、お麩とネギとわかめだ。

「意識したことなかったけど、実家ではパンをお味噌汁に入れないから……パンではないんだなって。でも、トーストとお味噌汁の組み合わせは美味しいよ」

「……いまから、ちょっとパン焼いてくる」

いそいそとキッチンへ向かった旺太郎の背中さえも愛おしい。

赤ちゃん、聞こえましたか？　あなたのパパは、可愛い人だね。

ここで、赤ちゃんができたんだよって言ってしまいたい。

一緒に育てたいって、きっと旺太郎に似て可愛いよって伝えたい。

旺太郎が好きだよ。ずっと一緒にいたい。

でもそれは、とても難しい。旺太郎を傷つけながら一緒にいるくらいなら、やっぱり黙っていたほうがいい。

これから赤ちゃんを産むために、近いうちに旺太郎のそばから離れる。

私は、私を捨てた元彼と似たことをこれからするんだ。

じわっと涙が出てきたのを、旺太郎が戻る前にぐいっと袖で拭った。


優しい旺太郎を裏切ろうとする私に、神様はバチをあてた。

仕事が終わったけど少し遅くなってしまい、事務所を最後にひとり出た。

駐車場を抜けるために歩いている途中、暗がりの中で見知った車を見つけた。

「……嘘でしょ」

驚いて、小さく声が出てしまう。間違いない。だってあの車は……。

車のそばから人影が動いて、姿を現す。

「まち、久しぶり」

もう絶対に、戻ってこないと確信していた。

あんな逃げ方をして、のうのうと姿を見せる人間なんていないと思っていたのに。

「……貴広《たかひろ》、なんでここにいるの」

とっさのことで、名前もすぐに出てこなかった。

「お前、いつ引っ越したの？　アパート行ったら空き部屋になってるから、こっちに迎えに来たよ」

「迎えって、なに言ってるの。彼女は……一緒に逃げた彼女はどうしたの」

二年も付き合っていた彼なのに、いまはなぜか恐怖の対象でしかない。

もしかしたら、お腹に子供がいるから警戒心がいっそう働いているのだろうか。

「あー……あのときは悪かったよ。妊娠したかもって言われてさ、盛り上がっちゃった。でも違ったみたいで、しばらく一緒に暮らしたけど……なんか噛み合わないんだよなぁ。性格の不一致ってやつ」

「違ったって、妊娠してなかったってこと？」

「うん。だから、まちのところに戻ってきた」

話を聞いているのに、内容がさっぱり理解できない。

「なに言ってるの。私、貴広に捨てられたんだよ？」

「……まちって、そんな面倒くさいこと言う奴だったっけ。お前だって、おれと気軽に付き合ってたじゃん。寂しかったんだろ、おれも寂しいの嫌い。だから似た者同士で、また仲良くしような」

寂しいの嫌い。似た者同士。言葉がぐさぐさと心に刺さる。

その通りで、自分が心の底から情けなくなる。

捨てられる前に、別れるべきだった。それを先延ばしにしてきた私が、この人に強く言えることなんてないんじゃないか。

だけど、いまは守らなきゃならない赤ちゃんがいる。

傷ついたって、怖くたって、これだけは、はっきり伝えないといけない。

「……私たちは似てるかもしれないけど、もう付き合ったりはできないよ。もう好きじゃない。貴広のこと、好きじゃないよ」

この場から早く離れたくて、一歩あとずさりする。でもすぐに、手を掴まれてしまった。

「やだっ、離して！」

「ゆっくりふたりで話し合えば、また仲良くなるよ。ほら、行くぞ」

貴広の目は、全然笑っていない。

「行くところなんて、ないってば！」

抵抗してもぐっと手を引っ張られて、勢い良く開けた車の助手席にそのまま押し込まれそうになった。

そのとき、ものすごい勢いで事務所の駐車場に車が乗り込んできた。

車は駐車場スペースの枠なんて無視して、貴広の車のすぐそばに停まる。

その車を見て、私は力が抜けてその場でへたり込んでしまった。

「まちっ！」

旺太郎がすぐに車から飛び出してきて、貴広に掴まれていた手を離してくれた。

立てない私をかばうように、自分も膝をついてくれる。

そんな旺太郎に貴広は立ったまま、上から威圧的に声を荒らげる。

「なに、あんた誰だよ」

貴広は、旺太郎の顔を知らないようだ。

「あなた、長瀬さんですか？」

「そうだけど、マジでお前誰だよ」

「……長瀬さんが連れて逃げた、真理恵《まりえ》さんの婚約者……と言ったらわかりますか？

ちょうど良かった。長瀬さんに婚約破棄に至った慰謝料請求がしたくて、うちの法務部が探していたんですよ」

「……えっ」

さっきまで態度の悪かった貴広の声が、一気にトーンダウンする。

「長瀬さんがまちに押しつけた荷物も、うちで預かっています。すぐにうちの者がここに来ますので、場所を移してこれからの話をじっくりしましょう」

「い、いやっ、慰謝料ってそんな大袈裟な……」

「発生するでしょう。あの寿珠花の跡取り息子の婚約を、長瀬さんがだめにしたんですから。個人だけの問題じゃない。その覚悟を持って……まちを捨てたんだろ？」

旺太郎の強い語尾に、貴広が怯《ひる》んだのがわかった。

そして、返事もしないで素早く車に乗り込むと、そのまま急発進させて逃げてしまった。

駐車場は、しんっと静かになった。

落ち着いてくると、地べたのアスファルトの冷たさが身に沁みる。

私が詰めていた息を吐くと、旺太郎が手を握ってくれた。

「大丈夫だったか？　ケガしてない？」

「……うん、大丈夫。旺太郎の車を見て、安心したら力が抜けちゃった。助けに来てくれて、ありがとう」

「逃げた娘が帰ってきたと、あちらの親から直接さっき連絡があったんだ。申し訳なかったと言っているって……男とは別れたと聞いて、すぐにまちの顔が浮かんで。迷わずに迎えに来て良かった」

「このあと、誰か来るの？」

「来ないよ、あれは半分嘘。あいつを探してるのは、うちの法務部じゃなくて例の親戚だよ。爺さまから親族の集まりを出禁にされて、血眼で男を探してるって聞いた。見つけてどうするんだか……考えるのはやめよう。立てるか？」

足に力を入れようとしても、入らない。

旺太郎が来てくれたのに、いまになって震えてきた。

こんな弱くちゃだめだ。もっともっとしっかりしなくちゃと、繋いでいないほうの手で拳を作り強く握る。

大丈夫、立てる。私は立てる。

「……大丈夫、すぐにちゃんと立てるから。待って」

旺太郎は、私を無理やりに抱き上げたりはしない。

「わかった、ゆっくりでいいから。足が冷える、これを使って」

手を離し、自分の上質なスーツのジャケットを惜しげもなく脱いで、私の膝にかけてくれた。

そうして、隣でしゃがんで待っていてくれる。

「ごめんなさい」

「謝ることなんて、なんにもない。ほら、まち見て。変な形の石があった。カタツムリみたいだ」

そばに転がっていた小石をつまみ上げて見せてくれる。

「ふふ、本当だ。本物のカタツムリじゃないよね、ちゃんと石かな？」

「石、だと思う」

優しくふにふにと指先で確認している。私の気がまぎれるように、話題をそらしてくれている。

貴広の様子だと、旺太郎の前には二度と現れないだろう。

だけど、もし。万が一、また私のところに来たら？

今日は旺太郎が来てくれた。でも次は頼れない。迷惑ばかりかけて、これ以上はもう無理だ。

貴広に妊娠を知られたら、つけ込まれる可能性だってある。

ずっと止めておきたかった心の中にある時計の針を、神様が指でつまんで進めてしまった。

カウントダウンが始まる。

旺太郎から離れなきゃいけない、そのときが着々と迫っている。

気のせいか、お腹がしくりと微かに痛んだ。


友人のつてで、隣県に良さそうな物件が見つかった。

駅から徒歩圏内で、ファミリーに人気の物件がたまたま空いたところをすぐに押さえてもらえた。

都内まで電車で約一時間、新幹線なら三十分ほどで出てこられる場所だ。

どうしても出社の必要があるときでも、このくらいの距離ならすごく助かる。

それに駅前に託児所もいくつかあり、やむを得ない出社のときにはお世話になれそうだ。

ネットでの内覧でも、陽当たりも良さそうで住みやすそうな部屋だった。

でも実際に、自分で環境など確認したい。お産のための転院先も決めなくてはいけない。

友人のつてとはいえ長くは仮押さえができないので、週末に日帰りで直接内覧へ向かうことになった。

ほぼ、もうそこに引っ越しをすると気持ちは固まっている。

あとは、旺太郎へこの家から近いうちに出ていくことを伝えなくちゃいけない。

金曜日の夜、二十一時。春の嵐とともに旺太郎が帰ってきた。

いつかの夜を思い出させるような強い風が、木々を大きく揺らし吹き荒れている。

それはまるで、いまの私の心中のようだ。

「明日、見つけてもらった物件の確認をしに行ってくるね」

なるべく平静を装って、旺太郎を出迎えながら伝えた。

もっと落ち着いた場所で話すべきだと考えていたけれど、じっくり顔でも見られてしまったら泣いてしまう。

ホルモンバランスのせいか、最近やけに涙もろくなってしまっている。

不安定な情緒で旺太郎を振り回したくなかったから、立ち話のようにさらりと伝えてしまいたかった。

身に余る条件で部屋を間借りしておいて、我ながら非常識だと自覚はある。

旺太郎は「えっ」とびっくりしたあと、少し考え込んだ。

「やっぱり、引っ越しするのか……ここじゃだめなのか？　どこか不便なところがある？」

「不便なんて全然ないよ。住みやすいし、職場からも近くて楽させてもらっちゃった」

「……内覧に行って気に入らなければ、まだここにいられるんだろ？」

『うん』とすぐに返事をしそうになって、ぐっと堪える。

私、いつの間に、旺太郎にこんなに素直に甘えられるようになったんだろう。

友達だけど、距離感は最初からバグを起こしている。

私は旺太郎をものすごく甘やかしたいし、旺太郎は私を甘やかしてくれる。

出会い方や、お互いの過去のなにか少しでも……違っていたら。

もしかしたら、なんて考えるのはやめた。

「明日は早いから、このまま先に休むね。コンロのお鍋におでんが仕込んであるから、温め直して食べてね！」

しんみりした空気が流れないように、わざと明るく振る舞った。

その深夜。部屋の扉が、小さくノックされる音で目が覚めた。

誰、なんてわかりきっている。

いますぐ扉を開けてしまいたい衝動に耐える。

旺太郎、いまは私の名前を呼ばないで。

まだ強く吹き荒れる春の風が、呼ばれた名前を私に届く前に連れ去ってくれますように。

耳を塞いでベッドを抜けて、そうっと窓際に小さくなって夜を明かした。


翌朝は、旺太郎と顔を合わせないように早朝に家を出た。

昨日の嵐の残骸か、長いポーチには折れた小枝が散らばっている。

「帰ってきたら、掃き掃除しなくちゃ」

足元の影が濃く見えて見上げれば、木々の新緑が朝日に照らされて眩しく光っていた。

向こうで不動産屋さんと約束した時間まで、移動の時間を考慮してもまだだいぶある。

早めに行って、駅周辺を散策しながら生活圏内の確認をしよう。

そう考えながら通りを歩いていると、またあのしくりとした痛みをお腹に感じた。

同時に、最近なかった、下腹部にじわりとしたあの違和感。

「……えっ」

歩みをぴたりと止めると、駅へ向かう人が私を訝《いぶか》しげに振り返り、追い越していった。

うそ、なに。どうしていま。

ゆっくり歩き、駅へ着くと、すぐにトイレへ早足で入る。

そこで、出血を確認した。

赤い血を見たとたんに、全身の血の気が引く。

出血って、良くないことが赤ちゃんに起きてるんだ。

この間の超音波検査では、あんなに心臓がピクピク元気に動いていたのに。

呆然《ぼうぜん》としながらも、体は勝手に、バッグに入れっぱなしになっていたポーチからナプキンを見つけて下着にあてた。

朝の駅のトイレは、土曜日でもとても混む。いつまでも個室を占領する訳にもいかず、よろめきながら出た。

ベンチを見つけて座ると、財布から総合病院の診察券を慌てて取り出す。

そこには産婦人科直通の電話番号が載っていて、異変を感じたときにはいつでも電話をするように教えてもらっていた。

スマホを取り出したけど、動揺のあまり手が震えて落としてしまった。

半泣きになりながら拾い上げると、画面はヒビ割れて、液晶が端から滲み始めていた。

「やだ……こんなときに」

涙で視界が揺れる。助けてって思ったとき、すぐに旺太郎の顔が浮かぶ。

「バカ、ひとりで頑張るって……決めたでしょ」

さっきから胸が気持ち悪くなるほど、心臓が速く鼓動を打っている。

使い慣れたスマホなのに、まるで初めて扱うようにうまく操作できない。

ぐるぐる回る頭で、ひとつひとつ間違わないように電話番号を打ち込んでいく。

発信し、何回かのコールのあと。看護師さんが電話に出てくれた。

「こんなに早くからすみません。あの、先ほど急に出血してしまって……！」

名前を伝え、さっき起きた出来事を話す。

看護師さんは私に落ち着くようにと、優しく言葉をかけてくれた。

少しだけ待たされる。保留音を聞いている間、不安で仕方がない。

『月野木さん。いまから先生が診てくださるから、すぐに病院へ来られそう？』

「はい。駅にいるので、このままタクシーで向かいます」

『受付で名前を言ってもらえたら、すぐに産婦人科の看護師が迎えに行くからね。慌てないで、気をつけて来てね』

電話を切ると、さっきよりも気持ち悪さはマシになっていた。

そうっと立ち上がり、駅から出てタクシーが客待ちをしているロータリーへ向かった。

乗り込んだタクシーの中から不動産屋さんへ電話をかけて、急病のため今日向かえなくて申し訳ないと留守電にメッセージを残した。

スマホはそのあとすぐに、真っ暗な画面になり電源が入らなくなってしまった。


病院へ着いた私に、待っていてくれた先生がすぐに診察をしてくれた。

出血はしていたけれど、超音波検査では赤ちゃんの心拍が確認できた。

私に下った診断結果は『切迫流産』だった。

もうすぐ病院の診察時間が始まりそうな中、先生は丁寧に説明をしてくれた。

妊娠中に出血する原因はいろいろあること。

出血しても、安静にしていることで無事に赤ちゃんが育つこと。

そうして、妊娠中の自然流産も珍しいことではない。母体のせいでないことも多いと、静かに話をしてくれた。

私は、多分最悪な顔色だったのだと思う。

先生に診てもらえてほっとした反面、自然流産という言葉に心を抉《えぐ》られていた。

白を基調とした診察室。消毒液の匂いに、赤ちゃんや婦人病に関連するパンフレットやポスター。

窓辺に置かれた子供に人気のぬいぐるみを見て、とうとう貧血を起こして気が遠くなってしまった。

出血が鮮血だったことと、貧血が酷いことを理由に大事を取って入院することになった。

つわりが始まり体重がぐっと減ってしまったことも理由になった。

出血への対応は、とにかくなるべく動かず安静にするしかないという。

看護師さんは私を車椅子で個室の病室へ運ぶと、入院の案内やここでレンタルできるものの説明をしてくれた。

いまは突然の入院でも、日用品やパジャマや下着まで借りられるらしい。

こういうときもとっさに頼れる人がいない私には、非常に助かるシステムだった。

ただ、個室備え付けの固定電話の調子が悪く、電話をかけるにはスマホが使える指定エリアに行くか、公衆電話のある一階まで下りなければいけないと申し訳なさそうに説明をしてくれた。

メイクを落とし、パジャマに着替えてベッドに横になる。

そのうちに、いつの間にか眠ってしまっていた。

病院特有の糊のきいた白いシーツに、赤いシミが広がっていく夢を見て起きた。

目を開いて、ここがどこなのか理解するのに時間がかかる。理解すると、今度は『失くす』ことが怖くて仕方がなくなった。

個室には時計がなく、バッグはベッドから少し離れたパイプ椅子の上に置いてあった。

いまは動く気になれずに、窓の外の風景からお昼をだいぶ過ぎた頃だと察した。

この病院は普段診察がされる棟と、お産入院が行われる棟に分かれている。

耳を澄ますと、パタパタと廊下を歩く人の足音や、か細い猫のような声が聞こえてきた。

「……赤ちゃんの声だ」

新生児室が近いからか、目を覚ました赤ちゃんの泣き声が聞こえてくる。

先生は母体のせいではないと言ってくれたけど、お腹の痛みは少し前にもあったんだ。

あのときに、気をつけていれば。

もっともっと、大事にできていれば。

そう考えると、どんどん涙があふれてきて止まらなくなった。


夜になっても、産科の病棟は誰かが廊下を歩いている。

お母さんが、赤ちゃんにおっぱいやミルクをあげに行っているんだろうか。

暗い天井を、ぼんやりと眺める。

旺太郎は、帰りの遅い私を心配しているだろうな。

病室内のトイレへ行くときに、バッグからスマホを取り出してみた。電源ボタンをどう押しても、真っ暗な画面は反応しなかった。

出血の量は減った気がするけど、止まった訳じゃない。

朝は動いていた赤ちゃんの心臓だって、いまはどうなっているかさっぱりわからない。

もしも。

もしもこのまま、明日になって、心拍が確認できなかったら。

散々泣いたはずなのに、まだまだ涙が流れてくる。

赤ちゃんて、元気に生まれてくるものだと勝手に思っていた。

だから生まれたあとのことばっかり考えて、引っ越しやリモートワークの準備に取りかかっていた。

旺太郎には内緒で赤ちゃんを産んで、ひとりで育てて……。

出血や流産は、私にはきっと関係のない遠い出来事だと、生まれてからのことばかり悩んでいた。

実際は違った。健康診断にも引っかからない健康体な私が、いま出血して入院している。

赤ちゃんがお腹の中で育ち、生まれてくる。

いまの私には、それがどうしようもないほど奇跡に思える。

超音波検査のモニターで見た、小さな赤ちゃんが生きている心臓の動き。

まだぺたんこな私のお腹の中で、一生懸命動いている。

私の赤ちゃん。

……違う。旺太郎と私の赤ちゃんだ。

だめになってしまう想像なんてしたくない。だけど、万が一そうなってしまうのなら……小さな心臓が動いているうちに、その存在を旺太郎に知ってもらいたい。

私の完全な身勝手だ。旺太郎の将来を考えれば、なにも知らないほうがいいことだってわかっている。

だけど、これから一生会えなくなったとしても、いますぐ旺太郎の顔が見たい。恨まれてもいい。罵られたっていい。

――旺太郎が好きだって伝えたい。赤ちゃんができて嬉しい、産みたいって伝えたい。

また、違う赤ちゃんの泣き声が聞こえる。

小さいのにしっかりしていて、生きるために泣いて訴えている。

その声が、私の背中をしっかりと押してくれた。

スマホが故障したいま、どうやって旺太郎個人だけに連絡するか考えて……思い出した。

「……引っ越したときにもらった名刺、財布に入れてたはず……！」

そろりそろりとベッドから下りて、バッグをあさる。

財布を覗いて、見つけた。

旺太郎の名刺の裏に、スマホの番号が書いてあった。そのときにしたテレホンカードの話まではっきり思い出せる。

これで、旺太郎に連絡が取れるかもしれない。

翌朝。検温に来た看護師さんにお願いをした。

この名刺の裏にある番号に、なるたけ早く病院から連絡して欲しいと頼んだ。

この人は私が住む『部屋』の大家さんで、入院していることを伝えてもらえると助かると。

スマホが故障していることを伝え、出血が怖くて移動は控えたいと謝ると、『大丈夫よ！』と快く応じてくれた。

忙しい中で、余計な手間をかけさせてしまい申し訳ない。

連絡がつけば、今日仕事が終わったあと、間に合えば私の様子を見に来てくれるだろう。

旺太郎なら、絶対に。

お願いをしてからすぐに『連絡つきましたよ』と、看護師さんが名刺を返しながら教えてくれた。

いまは朝の七時、この病院の面会時間は、お昼の終わった十三時から。

午前中の検査で、赤ちゃんの元気な心拍が確認された。

そわそわが止まらない。

そのまま、昼になった。

まだ出血が止まらず部屋から出られない私のために、昼食を配膳してくれた看護師さんが、もう『大家さん』が来て待っていると私に言って微笑んだ。

「『大家さん』、目立つから、職員も患者さんも下のフロアでそわそわしちゃってて。月野木さんのこと、すごく心配していましたよ」

予想外の早さで驚いたけれど、同居人が急遽入院したと連絡がきたら焦るだろうな。

だけど今日だけは早く来て欲しかったので、願ったり叶ったりだ。

仕事はどうしたのか、迷惑をかけていることを申し訳なく思う。

時計がないから、スライドドアの向こうから聞こえる音でだいたいの時間帯を把握するしかない。

お昼の配膳が下げられた。ワゴンをエレベーターで下げる音がする。

窓の下に見える広い駐車場は、隙間が車で埋まっていく。

そろそろ、かもしれない。

エレベーターが、このフロアに着いた音がする。それから、人の足音。早歩き気味に聞こえる。

それが、この個室の前で止まった。

スライドドアがノックされる。

「……はい」

静かにドアが開いて、人が入ってきた。病室の構造上、ベッドからはドア付近が見えない。

でも。不思議と、この人のことだけは見なくてもわかる。

「……まち」

「旺太郎……」

酷い顔色だ。目の下にはクマを作って、酷く疲れて見える。

旺太郎はベッドにゆっくり近づいて、私の姿を見る。

そうして、ベッドのそばで跪《ひざまず》いて、壊れ物を扱うように、私の手をそっと握った。

まるで生きていることを確かめるようにしたあと、私の手のひらに額をあてた。

指先が、ぽたぽたと涙で濡れるのがわかった。

この人は、私のためにたくさん心を砕いてくれる。不器用で、最高に優しい人。

心で、体全部で、私を大事にしてくれる人。

私も思っていること、全部旺太郎に伝えたい。

「……私ね、赤ちゃんできたんだ。旺太郎との赤ちゃんだよ」

旺太郎の肩が、びくっと動いたのがわかった。

言葉が詰まりそうになる。

「ごめんね、やっぱり傷つけたよね。旺太郎には黙ったまま、赤ちゃんをひとりで産んで育てようと思ったんだけど……赤ちゃん……私、出血しちゃって……赤ちゃん死んじゃうかもしれなくて……っ！　やだよぉ、赤ちゃん産みたいよ」

死んじゃう、なんて言葉にしてしまったら、そうなってしまいそうで怖かった。

なのに、旺太郎には、言えなかったことが言えた。

なにも知らせない、言わないまま旺太郎の前から消えようと決めていたのに。

「うん……うん」

旺太郎が顔を上げた。長いまつ毛と頬を涙でびしょびしょにして、鼻も真っ赤だ。

私も、もう好きな人に見せられる顔をしていないだろう。

涙、鼻水だって出ている。ぐちゃぐちゃだ。

「旺太郎のこと、好きなの……大好きで、赤ちゃんができたってわかったときは嬉しかった……だから、迷惑はかけないから赤ちゃんを産むことを許してください。一度だけでいいから、お腹の上から赤ちゃんを撫でてあげてください」

……言った。言えた。言ってしまった。

旺太郎と私を決定的に分かつ、言葉だ。

「……撫でるだけじゃ……嫌だ」

嫌だ、と強い語尾が聞こえた。

旺太郎が、ぐっと真剣な目で私をとらえる。

その目から流れる涙を拭ってあげたいのに、表情に見とれるばかりで動けない。

絶対にこの手を離さないとばかりに、今度は力を込められる。

「えっ……なに」

「撫でるだけじゃ、嫌だ。抱っこしたい。俺もまちと、ふたりで子供を育てたい……。たくさん撫でて可愛がって、褒めて叱って、まちと……まちと一緒に育てていきたい……！」

旺太郎はスーツの内側のポケットから、なにかをごそごそと取り出した。

「まち、俺はいままで、好きって気持ちを知らなかったんだ。そのまま、ひとりでいつか死ぬんだと思ってた。だけど……まちと知り合ってから毎日胸が騒がしいよ。苦しくて切なくて心配で……それ以上に温かくて……これが好きって気持ちなんだよな」

私の手に、くしゃりと一通の封筒を握らせる。

「好きだよ、俺はまちが好きだ。まちの全部、俺の子供ごと、嫌だって言われても、離さないで抱きしめていたい。だから……朝一でもらってきた」

封筒を開けるように促される。

三つ折りにされたそれは、私に握らせたときについたのか、少々折り皺ができていた。

そうっと、開く。

「……これって、婚姻届……！」

「……うん。昨日一睡もできないまま、まちを待ってたんだ。それで、今朝病院から連絡があって、まちが流産しそうだから入院してるって……。俺の子供だってわかった、絶対にそうだって」

旺太郎の前髪は、跳ねていなかった。

直したのかもだけど、もしかしたら本当に寝ずに私の帰りを待っていてくれたのかもしれない。

「そうだよ、旺太郎の赤ちゃんだよ」

そう言うと、旺太郎の目からさらに涙があふれた。

「電話を切ったあと、すぐに役所に行ったんだ。二十四時間開いている受付で婚姻届をもらってから、そのまま、まちの実家に行ってきた。ご両親に事情を話して土下座して……見て、ここの証人欄はお母さんが書いてくれたんだ」

「……あっ」

懐かしい、子供の頃から見慣れた母の字だ。

「……お母さん、まちのことをすごく心配して、一緒にこっちに来たがっていた。だけど、それは難しくて。今日俺がまちに会ったあとに、必ず様子を伝えるって約束してきた」

母が旅館を二の次にできないことはわかっているからこそ、『こっちに来たがっていた』という言葉だけで十分だ。

「旺太郎、土下座したの？　私のために？」

「それもあるし……もしさ、お腹の子供が娘だったらって考えたら、俺だって相手に納得いかないと嫁にはやらない。だから全身で誠意を見せなきゃならないって、そう思ったんだ」

こんな大きな体を、私のために。

もう、息ができないほど苦しい。体の水分がどんどん涙になって流れていく。

旺太郎は自分の涙は拭いもしないで、指先で私の涙を何度も拭う。

「まちのお母さんにさ、しっかりね、まちを頼んだよって背中を叩かれて応援された」

「……旺太郎とお母さん、この間初めて会ったばっかりだよね」

「お母さんには、初めて会ったときに、まちのことが好きなんですって言ってあったから。お母さんは俺に、まちのこと、本当に好きなのねって。まちは鈍感でしょうとも……」

「どういうこと、最後悪口じゃない……？」

理解が追いつかなくて、もう笑ってしまった。

「だからさ」

「……うん」

廊下から、小さな子供が「ままー！」とお母さんを呼ぶ楽しげな声が響く。

お見舞いに来たのかな。お兄ちゃんか、お姉ちゃんになったんだろうか。

それに気づいた私たちは、笑いながら顔をさらに見合わせた。

旺太郎は、そうっと私のお腹に手をあてるので、私が手を重ねる。

「まち、好きだよ。大好きだ、どうか俺と結婚して……家族になってください。お願いします」

いまの旺太郎は狼でもワンコでもなく、私史上で世界一素敵な男性だ。

「私も……旺太郎が大好きです。こちらこそ、うんと先まで……よろしくお願いします」

私たちの間に、ずっと一生付き合っていくものだと覚悟していた、寂しさの存在はなかった。

寂しさは決して、悪いだけのものじゃなかった。

ひとりで生きていくって決めたときに、私のそばにあったそれは、力をくれたこともあった。

そうか。

寂しさって、誰かとこんな風に心と手を重ねると、幸せに変わるのかもしれない。

旺太郎と心を重ねて、寂しさは最高の幸せに変身した。

「子供にも、俺の声が聞こえるかな」

「どうなんだろう、小さ過ぎて無理かもだけど……パパが来てくれたよ」

気恥ずかしいけど、お腹の赤ちゃんに話しかける。

「頑張れよ……ママも、俺も待ってるから。あとぬいぐるみのマチも！」

「家族みんなで、毎日楽しく笑って幸せになろうね……ところで、あの、婚姻届の証人欄の……この佐藤さんて誰かな？」

旺太郎が私にくれた、婚姻届。このふたつある証人の欄、片方は私の母の名前がある。

もう片方には、【佐藤学《まなぶ》】と見とれる達筆で綴《つづ》ってあった。生年月日を見ると、旺太郎より年上の男性だ。

私には、この名前にまったく心当たりがない。

旺太郎のご両親の名前でもない、謎の佐藤さんて……一体誰なの。

「佐藤さんて、新しい友達？」

旺太郎は私の問いに照れ笑いをしながら、「俺の秘書で、恋愛の師匠」と可愛くぼそっと呟いた。

エピローグ

六月。フランスへ帰る巽を空港まで送っていくその日、まちは仕事で見送りに同行できず残念がっていた。

「まちちゃん、出産予定日いつだっけ」

「十月二十日」

「十月かぁ、暑さも落ち着いて気候もいい頃だね」

梅雨に入り、今日は小雨が降っている。

フロントガラスに落ちる雨粒を拭うワイパー。規則正しいリズムが、巽の眠気を誘うようだ。

「昨日、遅くまで飲みに行ってたのか？」

「まぁね、日本最後の日だし。友達と騒いじゃった」

最後って、結構こっちに帰ってきてるのに。

俺とまちが交際をすっ飛ばして結婚したと報告すると、巽は意外にも喜んでくれた。

そのときのまちの様子を見ていると、巽はまちと出かけてはいたけれど、本気で口説いてはいないようだった。

空港へ着き、利用するターミナル付近に車でつける。

荷物を素早く下ろし、いざ別れのときになって巽が俺を呼んだ。

「おーちゃん」

「ん、なに」

「僕さ、人生に後悔しないように生きてるつもりなんだ。だから遊ぶときは遊ぶし、仕事するときはとことんやる。好きなことは我慢しない。だけど……」

巽は俺をじっと見る。

「だけど、たったひとつだけ後悔してることがあるんだ。それは、あの日、セーラー服姿のまちちゃんに声をかけるのをためらったことだ」

「巽……」

「おーちゃんより、僕が先にまちちゃんに会っていたんだ。あのとき、あの瞬間にひと声でもかけていたらって。おーちゃんは弟みたいで好きだよ。だからかな、おーちゃんがまちちゃんに出会ったあとからじゃ……もう手は出せないって思ったんだ」

俺がどう答えていいかわからず、言葉を探しているうちに巽はターミナルのほうへ歩き出してしまった。

そして、振り返って大声で叫んだ。

「まちちゃんは、おーちゃんみたいに手のかかるタイプが好きなんだろうね！」

他の見送りに来た人々が、巽や俺に注目する。

巽はアッハッハと笑いながら、手を振ってフランスへ帰っていった。

同じ月に、ガレージに置きっぱなしにしていたまちの元彼の荷物を、調べ上げた新たな居場所へ着払いで送ってやった。


今年は、いつもより暑い夏だった。

頭を悩ませたランジェリーパフュームの企画会議では『男だって女性にムラムラしてもらいたい』という、俺の意見も一部採用された。

年末にまちの下着につけた香水の匂いを嗅いでから、まちにだって俺にムラムラしてもらいたいと強く感じるようになっていた。

『女性から求められる男性になる……お互いにそういう気持ちを持てば、よりいっそうムードが盛り上がるんじゃないでしょうか』

女性が、ではなく、男女で使う。

なら、ふたつの香りが混ざることで、新たな香りが生まれる仕組みはどうだろう。

もちろん、男女片方だけが使えるようにとも、会議に熱がこもっていく。

そうして男性向けに、肌に直接つけられるタイプも急遽作ることになった。

挑戦的なコラボレーションになったが、ランジェリーとともに一時的に品切れを起こすほど求められ、ほっと胸を撫で下ろした。


十月になり台風がくると、一気に空気が秋めいた。

空は高く、風は涼しく。庭の木々は紅葉が始まっている。

いよいよ出産予定日を近くに迎え、俺の緊張はピークに達していた。

常に胸ポケットに入れたスマホが気になる。

なにかあったときには、病院、俺、ハルに連絡をすぐ取るように毎朝出社前にまちに話をする。

産休を取り、日中ひとりで過ごすまちを思うと、心配で仕方がない。

「旺太郎、心配し過ぎだよ」

「心配もするさ、まちになにかあったら……もう今日は休んじゃおうかな」

「なに言ってるの。大丈夫だから、ほら、いってらっしゃい！」

こんなやり取りを繰り返していたけれど。

まちの腹の中はよっぽど居心地がいいのか、赤ん坊は生まれる気配がない。

十月二十日、予定日になった。

けれど兆候はなくそのまま夜になり、とうとう日付の変わる時間になった。

「初産だし、予定日はあくまでも目安みたいなものらしいから」

ベッドに入り、眠そうにまちが呟く。今日はきっと、まちも一日中緊張していたんだろう。

俺もそわそわと落ち着きなく過ごしてしまった。

「あっ、いま動いてる。いたた、内側からぐりっとしてきた」

「元気だな。どこ、ぐりぐりしてる？」

「ここ、この胃の下辺り」

この時期、赤ん坊は頭を下にして生まれるスタンバイをしているらしい。ということは、いま赤ん坊は、足でまちを内側からぐりぐりしているのか。

まちの、大きくまあるく膨らんだお腹。胸の下辺りにそっと手をあてる。

すると、ぐっと俺の手のひらを腹の中から足で押し上げてきた。そこをこちょこちょすると、まちに「くすぐったい」と笑われ鼻をつままれた。

ベビーベッドにベビーカー。チャイルドシートも衣類もオムツも小物も、抱っこ紐も"スタンバっている。

俺の準備も万全だ。父親教室にも参加したし、ミルクやオムツの買い出しや準備交換だって任せて欲しい。

出産後のまちの負担を最大限に減らすために、自分が赤ん坊にできることは全てやるつもりだ。

母乳はどう頑張っても出せないが、ミルクなら素早く作り、飲ませる自信もある。まちに作る料理も、ハルから教わってレパートリーを増やしているところだ。

「俺、赤ん坊が可愛くて、まちのことも大好きでおかしくなりそう」

「あはは！　そういう旺太郎と、家族になれて嬉しい」

「妊娠してる間の体の負担は、全部まちに任せちゃったろ？　生まれたら、今度は俺もいろいろできるから嬉しいんだ。まちもあと少しで、うつぶせで寝られるな……好きだよ、まち」

「それ！　お腹が大きくなって、うつぶせで寝られなくなるなんて知らなかったよ。ていうか、サラッとそこで急に好きだなんて言われたら、照れるよ」

そんな話をしながら、とろとろと眠りにつく。

まちと赤ん坊は、切迫流産を乗り越えてくれた。

退院をしたタイミングで、入籍をした。まちは『岸』の名字になってくれた。

偽装とはいえ、親戚一同の前でまちを恋人と紹介していたので、結婚にほとんど障害はなかった。

驚いたのは、俺の母親の行動だった。

まちの入院、そして結婚したいと報告したら、母はまちの元へすぐにお見舞いにやってきた。

俺じゃ気づいてやれなかったスキンケア用品や、女性に必要なものを一式携えてきてくれた。

そして『旺太郎はお腹にいたときから大きな子だったから、そこも似たらお産が大変になるかもしれない』と、ずいぶんとまちを励まし心配してくれたようだった。

その俺の子供は、まちのお腹の中ですくすくと育ち、臨月のいま、推定三千五百グラムはあるらしい。

大きいみたいよと、まちが俺の脇腹をひじで突いた。

眠りについて、どのくらい経ったのだろう。

俺を起こす、まちの声で意識が浮上した。

「……旺太郎、ごめん、起きて」

「……んん、どうした」

「なんか、お腹痛い。さっきトイレに行ったら少し出血してたし、本番がついにきたかも」

「ほ……本番って、陣痛か！」

まちはお腹をさすりながら、強く頷いた。


十分おきに陣痛がきたら病院に来て欲しいという指示に従い、まだ間隔が長いうちに入院セットを車に積んだ。

朝になりいよいよ、まちに十分おきに陣痛がくるようになった。

まちを後部座席に乗せ、慎重に病院へ向かう。家を出る前に、今日と明日は休むと佐藤にメールをした。

痛みに耐えるまちは、汗を流して歯を食いしばっている。到底男には耐えられない、尋常ではない痛みだと父親教室で勉強した。

ふたりで作った子供なのに、身体的負担は女性のほうに多くかかる。

男の俺はこういうとき、サポートすることしかできないのが、もどかしくて仕方がない。腰を押したり手を握ったり、水分補給を促したりとしているうちに、お昼頃になった。

初産は時間がかかるから、と先生に言われているけれど、まちはもう疲労困憊《こんぱい》に見える。

点滴の針を刺された腕も気にせずに、ベッドの柵を強く掴みながら陣痛の痛みに耐えている。病院から出された昼食も、口をつけられない。

「……ご飯、ご飯食べに行ってきて……お腹すいたでしょ」

前髪が汗で額に貼りついたままで、まちが俺を気づかう。

「いいよ。まちをひとりで残したまんまで、飯食いに行っても喉を通らないよ」

「ふふ……じゃあ、なにか気がまぎれる話をして」

「ええっ、気がまぎれる話かぁ……なにかあるかな」

「旺太郎の中で印象に残ってる、びっくりした話をして」

無茶ぶりだ。だけど、いまはそんなことを言っている場合じゃない。なにかあるか、びっくりした思い出……。

あっ。あった。忘れもしない衝撃的な思い出が。

「あの、小学生の頃の話でいいか？」

「うん」

「二年生のときの授業参観で、いつも来てくれるハルがその日に熱を出してさ。ハル以外に来る人がいないから、授業参観が始まってもずっと消しゴムで遊んでたんだ」

背中からたくさん感じる、誰かの親の温かな小さい笑いや視線。

自分には関係がないから、振り返ろうとも思わなかった。

「その消しゴムを落として、拾おうとしたんだ。そのときにたまたま、後ろを向いたら……いたんだ」

「もしかして、やだ、怖い話？」

「……いま着きましたって感じで、肩で息をしてる父親と、母親。ふたりが並んで立ってるから、びっくりして心臓止まるかと思った。これが、子供の頃で一番印象に残ってる話」

いまでも覚えている。いつも綺麗に髪をまとめてある母さんの、珍しく下ろした姿。目が合った瞬間、『ちゃんと前を見なさい』と手でジェスチャーされたこと。

あとにも先にも、親が授業参観に来たのはその一回きりだった。

「そうかぁ、私の予想だけど、ハルさんが行けないって知っておふたりが慌てて来たんだろうね」

「……いや、ええー……そうだったのかな」

まちは微笑んで、俺の手を握る。

「そうだよ、そう考えたほうが……なんだか嬉しくなるじゃん……いてて」

握られた手に、ギリギリと力がこもる。

「痛い……うう……あっ！」

「どうしたっ」

「……は、破水したかも。ナースコール押して！」

ナースコールを押すと、すぐに看護師さんが来てくれた。

それからすぐに先生が来て、ベッドの上で内診をすると分娩室の準備が始まった。

まちは間隔の短くなった陣痛の合間に、看護師さんに連れられて先に分娩室へ向かう。

立ち会いを希望していたので、俺は看護師さんから帽子やエプロンを渡された。靴もスリッパに履き替えて、手を洗って入室する。

分娩台のまちの頭のほうで、邪魔にならないように立った。

「岸さん、赤ちゃんの頭、触れるところまできてるからね」

助産師さんが、まちを励ます。

まちは本当につらそうに、だけど泣き言は決して言わずに、大きな声も出さずに耐えている。

いきんで、休んで、また思いきりいきむ。

「まち、まち頑張れ」

まちはめちゃくちゃ頑張っている。なのに、さらに頑張れなんて、酷なことを言っていると思う。

「岸さんは、いきむのが上手ね！」

「は、は、ありがとうございます……！　中学生のときに、合唱部だったからかな……んーっ！」

そうなのー！と明るい助産師さんの声で、分娩室内の空気が柔らかくなる。

「うまい！　ほら、はい！　いきむのやめて！　ハッハッハッだよ、頭出てきたっ」

まちはいきまないように、今度は自分の胸の上に手を置いて、短く息を吐く。

俺もつられて一緒に、ハッハッハッと息を吐く。

「そのまま……そうそう……。はい、おめでとうございます、女の子ちゃんだ！」

助産師さんが赤ん坊を取り上げた瞬間に、ホギャーッと泣き声が響いた。

女の子。……女の子だったのか！

赤くて、全てが小さくて……不安になるほど小さいな！

けれど俺がそう思うだけで、問題はないらしい。

へその緒の処置が終わり、小さなベッドで手足の指の数をかぞえられた赤ん坊は、まちの胸の上にのせられた。そこで、一度乳房を吸わせるという。

ただ見ていることしかできない俺の前で、まちの片方の白い胸がはだけられる。

そうして、そこに赤ん坊の顔を寄せると、なにも教えていないのにパクリとしゃぶりついた。

「旺太郎にも、パパにも抱かせてあげていいですか？」

まちが、そばにいた看護師さんにお願いをしている。

「じゃあパパ、もうちょっとこっち来て」

まちの胸から離された赤ん坊は、不織布の青い簡易おくるみに包まれて俺の腕に託された。さっきは泣いていたのに、もう泣きやんでいた。

……あまりにも軽い。だけど、全身で生きている感じがする。乾いてきたふわふわの薄い髪に、ちょんとついた可愛い鼻。大きな目をぱっちり開けて、俺をじっと見ている。

この仕草、まるで、まるで……。

「……まちに、そっくりだ」

俺がまちを愛する気持ちを、まちが自分のお腹の中で十月十日大事に育てて、元気に産んでくれた。

それがこの子だ。

俺とまちの、大切でこれからずっと守っていきたい子供。

どんどんわいてくる愛おしい気持ちで、赤ん坊の額に鼻をすりっとつける。

目を閉じた赤ん坊からは、まちに似た甘い匂いがする気がした。

まちは後産の処置があるため、分娩室でもう少し休むらしい。

赤ん坊は体を清めるために、看護師さんに連れられていった。

まちに「ゆっくり休んで」と声をかけて、分娩室を出ようとしたとき。

「ありがとう……っ」

まちが、俺に大きな声でお礼を言った。

その『ありがとう』にはたくさんの意味があることを、まちが流している涙を見てわかった。

「俺も。まち、ありがとう！」

俺からも心からお礼を言うと、まちは分娩台の上でピースをした。

ふわふわした頭のまま、まちのご両親や俺の両親に、無事に生まれたと電話で報告をした。

みんな、おめでとうと言ってくれた。まちのお母さんは、電話口で泣いていた。

病棟へ戻ると、廊下から見える新生児室から、看護師さんが赤ん坊を抱っこして見せてくれた。

さっき開けていた大きな目は閉じられ、穏やかに眠っている。

フラッシュを焚かないようにして、何枚か写真を撮らせてもらった。

しばらく病室で待っていると、まちが車椅子に乗せられて戻ってきた。

水分補給をさせ、赤ん坊の話をたくさんした。まちは相当疲れたようで、うつらうつらしている。

そのまま眠るのを見届けてから、そっと家に帰った。

簡単に食事をとり、シャワーを浴びてベッドに飛び込んだ。

俺、父親になったんだ。

家族が増えたんだ。

あの子に寂しい思いなんて、絶対にさせないよ。

腕に抱いた赤ん坊の重さ、感触や匂い。

それに、まちの顔を思い出したらたまらなくなって、そばにあったマチを抱きしめて、こみ上げてくる幸せを噛みしめた。

番外編

俺とまちとの子供、華乃子《かのこ》が生まれて三ヶ月が経った。

日中はハルが身の回りの手伝いに来てくれている。夜は夫婦ふたりで、てんてこ舞いになりながらも、初めての育児に夢中になっている。


華乃子という名前は、爺さまにつけてもらった。

俺たちの結婚報告をとても喜ぶ顔を見て、まちと話し合ってそうしようと決めた。

始まったばかりの関係を見守って欲しいと、まちのお母さんに頼んでくれたのは爺さまだ。

その爺さまに赤ん坊の名付けを頼むと、自分でいいのかと驚きながらも快く引き受けてくれた。

爺さまは生まれた赤ん坊の顔を病院にまで見に来てくれて、しわしわの手で抱き上げ、薄く目を開けるその顔をじっと見る。

まるで、赤ん坊の顔から誰かの面影を探すように。

『……可愛いな。純花《すみか》にも、見せてやりたかったなぁ』と婆さまの名前を呟く姿に、胸がつぶれそうになった。

翌日。『華乃子』という名前はどうだろうと、朝一番に電話をくれた。

一月末。季節は本格的に冬へ変わり、毎朝白い息を吐きながらガレージまでの道のりを歩く。

相変わらずオナガは我が家の庭で縄張りを主張しているが、我関せずとヒヨドリもやってくるようになった。一階の食堂から見える庭に、庭師と相談して鳥の餌台を作ったからだ。

『実家の庭の端っこに、鳥の餌台があったの。いろんな種類の小鳥が餌を食べに来て、賑やかで。ヒヨドリなんかは強くて、先にいた小鳥を追っ払っちゃうんだよ。だけどいないときには、隙を見て小鳥が来るのを観察するのが楽しくて』

まちの妊娠中、子供の頃の話を聞いたときに、お腹の中の赤ん坊と一緒に俺もその追体験をしたいと思った。

生まれた家の思い出を、これから育つ赤ん坊にもたくさん作って欲しいのも動機のひとつだ。

これからここで増えていく記憶は、楽しいことが多いほうがいい。

分娩室で初めて抱っこした頼りなくふにゃふにゃだった華乃子の体は、首が据わってきてからふっくらしっかりしてきた。

俺に似た黒髪。まちに似ていると思っていた大きな目は、まちから言わせれば俺に似ているらしい。

標準より大きなところも、しっかり俺に似た。

もっと分娩に時間がかかっていたら、母子の安全を優先して帝王切開に切り替えていたと聞かされて肝が冷えた。

帝王切開も安全な出産方法だと頭ではわかっていても、もし、あのときにそういう場合になっていたら。

痛みに耐え続け疲れ果てたまちを、冷静な頭で手術室へ見送れただろうか。

母体にとっても赤ん坊にとっても、その方法が最善だとわかっているのに、『手術』の二文字に身がすくむ。

まちの体を心配した母のその理由がわかり、自分のこともきっと必死で産んでくれた母に感謝の気持ちがわいた。

自分がその立場になることで、親というものの気持ちが少しずつだがわかってきた。

まちと俺はもちろん、俺の両親やまちのご両親、爺さまやハルを、華乃子は愛らしい姿でみんな夢中にさせていく。

華乃子の存在は、俺や周囲をどんどん、しがらみもなにもかも巻き込んで目まぐるしく変えていった。

小さいながら、猛烈な台風だ。

『華乃子を撮った動画が欲しい』『写真を送って』など、特に俺の両親の溺愛は留まるところを知らない。

とんでもなく不仲な両親だと思っていたけれど、どうやら時間というものがその関係を軟化させていたらしい。

正月のあと。華乃子へと、ふたりで選んだというベビー服などたくさんのプレゼントを持って家へ来てくれた。

孫娘の誕生がきっかけになって、若かりし頃の自分たちを思い出したようだ。

リビングの端に置いた簡易ベビーベッドのそばで、まちと母が華乃子を眺めながら話に花を咲かせている。

初対面ではまちを一瞥し、会話もしなかった母が、いまでは自分からまちに話しかけている。

母のことは、いつも感情を表に出さない人だと思っていた。

父は会社で顔を合わせるけれど、母とは岸のパーティーのときくらいしか会わない。いつも遠くを見ていて、そこからはなにも感じ取れない人。その母が、まちの前では、はにかんでなにか楽しそうにしている。この間、まちから『旺太郎とお義母さんて、顔もだけど性格も似てるね』と言われた。

俺と父は少し離れたソファーから、ふたりの様子を見ていた。

母はまちをとても気づかい、父は自分たちが俺にしてやれなかったいろいろなことを後悔していると言った。

いつもは自信に満ちあふれた父の、こんな表情は生まれて初めて見た。俺の答えを聞くのを、とても怯えているような、そんな顔をしている。

いまさらなにを、と一瞬頭によぎった。

ひとり、ここに置き去りにされた子供の気持ちが、あなたたちにわかるのかと。

俺はもう、いい大人になってしまったんだ。それを責めて泣けないし、気持ちに任せてわめく訳にはいかない。

爺さまが昔、ふたりの間に誤解が生まれて、もうこんがらがって解けなくなってしまったと言っていた。

なにがあったかは、俺は聞かされていないし、聞かないほうがいいんだと思う。

その、こんがらがった結び目をふたりで解くきっかけができた。それは華乃子だった。

華乃子にとって、いい祖父母でありたいと父は続けて言う。俺はただ黙って、間を置いて頷くことしかできなかった。


その夜。寝室のベッドの中で、まちにそのことを話した。

父に謝られたこと。それに対して返事ができなかったことを。

「……もっと、いままでのことが丸く収まるような言葉が出てくれれば良かったんだけど……頷くことしかできなかった」

喉からやっと絞り出した声は、薄暗がりの中で小さく消えていく。

「別に、いいと思う」

即答だった。

「……い、いいのかな」

「だって、旺太郎がずっと感じていた寂しさや不便さは、いま謝られて、なかったことなるものじゃないもの。お義父さんを許してあげて欲しいなんて、私はちっとも思わない」

まちは、しっかりと力強く俺の目を見て言ってくれる。

その表情には、静かな怒りも覗いて見えた。

そうか。まちは、俺のために怒ってくれているんだ。

「旺太郎はずっと、苦い思いを噛み砕いて呑み込んできたんだよ。華乃子を見ていて、お義父さんが過去を後悔する気持ちもわかる。でも、それに対して旺太郎がいま無理をして気を遣うことはないよ」

まちは両手を広げて、俺を抱きしめる。

ちょうど、柔らかな胸に顔があたる。パジャマの柔軟剤の匂いと、微かに甘やかな母乳の匂い。

俺は、まちに『おいで』と言われるのにすこぶる弱い。

大好きなまちが、俺だけに向けて優しく言ってくれる。たまに些細なケンカをしたときの『……おいで』は怖いけど、全力で許して欲しくて謝り倒してしまう。

まちが犬の服従ポーズをしろと言ったら、俺はその足元で腹を見せるだろう。

落ち込んだって格好悪くたって、まちは全部受け止めてくれるのがわかっているから。

後ろ頭を細い指で撫でられながら、自分よりもうんと小柄なまちに甘える。

深く、息を吸って、吐く。

大人らしく、『わかった』と言えなかった自分自身が狭量に思えて悲しかった。

いまさら後悔を滲ませ、それを俺に告げる父を許せなかった。

正直、悔しいという気持ちがあふれそうだったんだ。

「まちが、俺のそばにいてくれて……ずっと救われてる」

「……私も、旺太郎から離れずに済んで良かった。いまでも、妊娠がわかったときに……勇気を出して旺太郎に話ができてたらって思うときがあるよ」

まちが帰らなかった、実は入院していたあの晩。

俺はまるで、自分の半身をなくした気持ちでいた。

送ったメッセージにも既読はつかず、電話をしても電源が切れている。

行くあても見当がつかず、駐車場での元彼との出来事がフラッシュバックする。

探しに行きたい反面、いつまちが帰ってきてもすぐに出迎えたかった。

リビングで不安を抱えたまま朝を迎えると、スマホは見知らぬ番号をディスプレイに表示して鳴り出した。

まちがどこへも行かなくて、本当に……良かった。

「……ふたりが帰るとき、まちがそばにいてくれたから『またいつでも来て』って言えたんだ。華乃子にとっての……ふふ、じいじとばあばだもんな」

じいじ、ばあば、と華乃子に呼ばせたいと、いまから自分たちをそう言い始めた。

それが意外で、ぎこちなく自分たちを『じいじ、ばあば』と言い合う両親を思い出すとくすぐったくなる。

「あんな綺麗なお義母さんがさ、華乃子の前では自分のことをばあばって言うんだもんね。あれって、お義父さんから提案したのかなぁ」

「じいじとばあば……いや、正直ふたりともそういうのがしっくりくる雰囲気じゃないんだよな」

「だけどさ」

まちが、俺の額に軽く唇を落とす。

そのぬくもりが肌から伝わり、じわりと内側から滲み出る幸せに目を閉じる。

「華乃子が言葉を覚え始めて、じいじ、ばあばって口にする頃には……きっと馴染んでいるんだろうね」

華乃子にそう呼ばれて、顔をほころばせる父と母を想像するのは、驚くほどにたやすかった。

「……ものすごく、喜ぶだろうな。華乃子にそう呼ばれたら」

「ね。私たちも、いつか華乃子が結婚して赤ちゃんが生まれることがあったら、その子にどう呼ばれたいか、考えておこうよ」

「……華乃子が嫁にいくことになったら、心配で心臓がつぶれる……想像しただけで泣きそうだ」

「自分は私をお嫁さんにもらったのに～？」

まちは二度目の口づけを俺の額に落として、くつくつと笑う。

「ゆっくり、ゆっくりね」

まちが言うそれがいろんな意味を持つんだろうなと思いながら、温かくて甘い海に意識を沈めた。

「ちょっとタレ目なところ、旺太郎そっくりだよ。前髪が跳ねるところも」

「そうだな……垂れてるような気もする。前髪は百パーセント俺似だな」

「女の子は父親に似るっていうしね。かのちゃん、私成分はどこに置いてきちゃったのかな？」

そう言ってまちが、俺が抱っこしている華乃子の小さな鼻の先を、愛おしそうにちょんと触る。

俺からしたら、俺やまちを見る華乃子の仕草なんかは、まちにそっくりだと思うけど。

そういう仕草を見るたびに、愛おしいという気持ちが俺の胸の中で膨れて爆発を繰り返している。

その衝撃は凄まじい。ただでさえ華乃子は可愛いのに、愛するまちに産んでもらえたなんて、俺は前世でどれだけの徳を積んだのだろう。国でも救った英雄だったのか、それとも雨の降らない砂漠で水脈でも掘り当てたのか。

まちに触られてくすぐったいのか、華乃子は俺の腕の中で伸ばした手をバタバタと動かす。

まだ自分ではコントロールがうまくいかないようで、動かす手がまちの指を払うことはできない。

しまいには両足までバタつかせ始めて、小さな体から想像もできない力で俺の腕を蹴った。

「力、強い」

「手足のコントロールがまだできなくて、とりあえず全身を動かしてる感じだよね」

「こう、活きのいいカツオやマグロを抱っこしてる気分になれるな。実物を釣ったことはないから、想像だけど」

「ぴちぴち、かのちゃんか」

元気なのが一番だ。ついこの間、華乃子は風邪をひいて生まれて初めて熱を出した。赤い顔をして、鼻を詰まらせながらベビーベッドで眠る華乃子を、息を呑んでまちと見守った。

頭に浮かぶのは、ネットや育児書などに書かれていた、ひきつけなどの症状。

体温計で一時間ごとに熱を測る。熱で不快なのか、目を覚ますと普段よりもぐずる華乃子を、まちと交代でひと晩抱っこし続けた。

翌朝には、熱は下がってくれた。ほっとしたら、急に疲れと眠気がどっときた。まちも同じだったようで、『良かった……』と呟くと俺の胸に飛び込んできた。

俺よりも、まちのほうが何倍も華乃子の心配をしただろう。その華奢な背中を労るように撫でると、無言で強く抱きしめ返してくれた。

ベビーベッドのそばに置いたテーブルに転がる、ベビー麦茶や体温計。

もっと熱が高くなったときに備えて用意した、貼るタイプの熱冷ましシートが、窓から差し込み始めた朝日に照らされている。

その風景を頭の中に強く焼きつける。

きっとこの先、こういった場面に俺たちは何度も出くわすだろう。

華乃子の熱が下がって良かった。まちとふたりで、初めての発熱を乗り越えられて良かった。

不思議な話だが、あの熱のあとから華乃子はうにゃうにゃと声を上げ始め、ぐっと人間らしく成長したように見える。

うつぶせの格好から首を上げる。

手に触れた柔らかなおもちゃを掴む。

喜怒哀楽を、泣くこと以外で表現する。

興奮すると、いまみたいに体全体でビチビチ暴れる。

マチを隣に置いてやると、じいっと見つめたあとで手を伸ばし、ふわふわの感触を楽しんでいる。

マチくらいに、華乃子には元気に大きく育って欲しい。

俺を支えてくれた、大事なマチ。華乃子とマチのツーショットは、俺のスマホの壁紙になっている。

年に一冊ずつ華乃子とマチのアルバムを作るために、一眼レフカメラを奮発した。

マチも大事な家族の一員だ。

「華乃子、ママがぴちぴちだって言ってるぞ。ママの大好きなカツオみたいだってさ」

「活きのいいカツオみたいって言ったのは旺太郎じゃん。ママじゃないからね、パパが言ったんだからね」

ただいま午前四時半、まだ陽の昇らない早朝である。

生まれてから三ヶ月も経つと、華乃子は夜に少しずつまとめて眠るようになった。だいたい昼夜問わず三時間おきに目を覚まして泣いていたのが、夜は四時間から五時間は寝ているようになった。俺たちもそのぶん、睡眠を取ることができる。

ただそれでも、やっぱり目を覚まして夜中にぐずることもある。いまも明け方前に目を覚まし泣くので、俺がオムツを替えたあとに、まちからおっぱいをもらっていた。お腹はいっぱい。それに構ってもらえるのが嬉しいのか、華乃子はあ～、う～、となにかお喋りを始める。

そこに再び眠る気配は微塵《みじん》もなく、大きな目をらんらんとさせて俺やまちの顔を交互に見ている。

それが可愛いのなんのって。一体俺たちになにをお話ししてくれているのか。

眠気が襲ってはくるけれど、もっとこの可愛い華乃子を見ていたい。

「みきが、赤ちゃん時代は一瞬だよって言ってたの、本当なのかな」

まちの言葉には、半信半疑だというニュアンスが隠さず含まれていた。

まちの妹・みきさんと家族が華乃子の顔を見に先週遊びに来てくれた。

みきさんは、娘のはなちゃんと手を繋いで。

そして、そのそばにはまちの元許嫁の昴二くんがいた。俺は値踏みでもするように、昴二くんのつま先から順番に頭のてっぺんまでを見る。

改めて会うのは二度目。一度目はまちが退院してから、結婚の挨拶に改めてまちの実家に行ったときだ。

あまり個人的な話はできなかったが、しっかりとその顔を覚えた。

そして、再会した。その義弟の顔をもっとよく見ようと思ったら、ついうっかり威圧感が出てしまったようだ。

昴二くんがたじろいだところで、後ろからまちに尻をひっぱたかれた。

『運転疲れたでしょ。さ、中に入って！　はなちゃん、お菓子もジュースも用意してあるよ』

まちはそのまま、昴二くんとはなちゃんを先に家へ入れた。

だって仕方がないじゃないか。昴二くんはまちの元許嫁で、『お前は強いから』なんて寝言を言ったそうだから、どんな顔をしてそんなことを言ったのか、改めて確認しようと思ったんだ。

まちが地元から飛び出してこなかったら、俺はまちに出会えなかった。

ただ、そうなった理由に関して、俺は独断と偏見でいまも昴二くんに複雑な思いを抱えている。

そんな俺の思惑あふれる態度にみきさんは苦笑しつつ、『おにいさんに、お姉ちゃんが大事にされていて良かったです』と言ってくれた。

みきさんと、もう姿の見えない三人のあとを追う。

『うん、大事です。まちと華乃子は、俺の生きる理由だから。まちに出会えなかったら、俺は自分も他人も大事にできない、無気力ゾンビみたいな人生送ってたよ』

ただ生きて生きて、そのときがきたら死ぬ。

生きる目的も目標もない。まちに会うまでは、そんな人生だった。

『私、ずっとお姉ちゃんに恨まれても仕方がないと思っていました。正直言えば、思いきり恨んで欲しかった。だけど……』

『うん。まちはみきさんを恨めないんだよな、わかる。まちは、一番大変なのはみきさんと昂二くんだって俺に言ってたよ。どこにいても、君たちを心配してる』

みきさんは下を向いて、一度すんと鼻を鳴らした。

まちは久しぶりにみきさんに、育児について聞いていた。

みきさんは華乃子を抱っこしながら、育児の先輩として実体験などをまじえて話をしてくれた。

姉妹というものは、こんなにも仲がいいものなのか。昔話や育児あるあるなどで、わいわい盛り上がっている。過去にあったこと。それはそれ、これはこれと、割り切っていまを楽しんでいるようだ。

退屈したはなちゃんが庭に出たがるので、昂二くんと俺とはなちゃんの三人で庭を散策した。昂二くんは終始俺に敬語を使い、はなちゃんは庭でどんぐり拾いに夢中になっていた。

はなちゃんも、ついこの間まで赤ちゃんだったはずだ。頬っぺはまんまるだし、手だってちっちゃい。

でも、母親であるみきさんが『赤ちゃん時代は一瞬だ』と言うなら、それは本当のことなんだろう。

「一瞬か……あと三年もしたら、華乃子もはなちゃんのように、自分の気持ちを話したり走ったりするんだよな。そう考えると、このふにゃふにゃの赤ちゃん時代は一瞬なのかもな」

「……その頃には、またひとり赤ちゃんが増えてるかもね。次は男の子がいいかな、でも女の子でもいいよね」

「えっ、あ、が、頑張るから！　誠心誠意を込めて！」

そんな会話もお腹いっぱいとばかりに、華乃子がうにゃうにゃとあくびをするので、まちと顔を見合わせて笑ってしまった。


まちと初めて出会った、あの日。

生まれて初めて女性を口説いた。

なにが正解でなにが間違いなのかもわからない。ただ、自分の本能みたいなものが、恐ろしくまちを求めていることだけはわかった。

決してスマートではない、まちからしたら笑い出してしまうほど稚拙だったかもしれない。

だけど俺は、恥も外聞もかなぐり捨てて、一生懸命にまちを引き止めた。

まちは、迷っていた様子だった。でもそのうちに仕方がないと、諦めたように俺の手に自分の手のひらを重ねてくれた。

俺は、それまで女性と、そういう経験をしたことが一度もなかった。

いわゆる、童貞だ。

ラウンジの上に部屋は取れた。さりげなくエスコート……できていたのかは、恥ずかしくて思い出したくない。

最大の問題は、避妊具が手元にないこと。

恋人はいない、遊んでもいない童貞は、まず避妊具を持ち歩かない……だろう。

初めて会ったまちに、『避妊具は携帯していますか？』なんて口が裂けても聞けない。

避妊具がなければ、セックスはできない。いや、できるけれど、それはあまりにも不誠実過ぎる。

部屋に入ったタイミングで、マナーモードにしていたスマホにいかにも着信履歴が残されているように演技した。

『ご、ごめん。ちょっと仕事で急ぎの電話がきてて……すぐに戻るから、少し休んでいて』

あくまでも仕方なしという風にクールを装ってみても、声がうわずっていただろう。

まちを残した部屋から出ると、スマホを握ったまま早足でエレベーターに乗り込む。

確か、このホテルのそばにコンビニがあったはずだ。コンビニには、避妊具が売っている。

ロビーをほぼ駆け抜け、雨の上がった街へ踏み出す。その先には、煌々《こうこう》と明かりの灯るコンビニがあった。

勢い良く入店すると、耳馴染みのある音楽が流れる。店内には、フライドチキンのいい匂いが微かに漂っている。客足は夜でも多く、ひっきりなしに出入りがあり賑わっていた。

そんな中、商品棚を端から素早く見て回り、生活用品の揃う棚にそれを発見した。

あった。コンドームだ。箱で、いくつかの種類のものが並べられている。

え、箱？　初めて見た訳ではないのに、箱で並べられている風景に改めて戸惑う。

『こんな、箱って……』

思わず声が出てしまう。これを買っていったら、俺は箱で避妊具を持ち歩く男だと思われるのか……？

それに、サイズなんてあるのか！　そうだよな。身長と同じように、アレだって千差万別だ。

——いま試着もできないのに、自分のアレのサイズに合う避妊具を、この中からどうやって的確に選ぶんだ……？

迷っているうちに、時間は刻々と過ぎていく。避妊具を前にして立ちすくむ男に、他の客からのちらりとした好奇の目も痛い。男性客の股間をさりげなく盗み見ても、自分と比べられる訳ではないから収穫はない。

どうする。

焦る気持ちで、MとXLの真ん中、Lサイズを掴んでレジに並ぶ。

自分の番がきて代金を支払ったあと、お買い上げシールの貼られたコンドームの箱をそのまま裸で渡された。セックスに至る洗礼を浴びた気がした。

結局、焦る気持ちで選んだサイズは間違っていたようだった。興奮のせいかきつくてピッチピチで、そこで自分のサイズはXLなんだと確信を持った。

残ったコンドームはまちが消えた朝に、箱のまま部屋のゴミ箱に隠すようにそっと捨てた。

二度目のセックスは避妊具がなく、そこで華乃子を授かった。

そのあと、まちが切迫流産しそうになり入院し、大事を取って出産までは、とセックスをしなかった。華乃子が生まれてからも、まちの体が完全に回復するまではと自分を強く戒めていた。

出産は、交通事故に遭ったのと同じくらいのダメージがあるという。立ち会い出産を希望し、まちの陣痛に耐える姿、その出血の量を見た身としては、マリアナ海溝よりも深くそれに頷くしかない。

それに初めての育児のスタートだ。華乃子が病院からまちと一緒に退院してから数日は、おとなしく寝ている間も息をしているのか、静かに上下するお腹を見守った。

とにかく、まず息をしているかが一番の心配だ。自分が寝ている間になにか起きたらと、深くは眠れないまま三時間おきの授乳だった。俺も華乃子へ授乳ができるように、初めから母乳とミルクの混合育児にしようと決めてスタートした。

育児も協力し合い、三ヶ月を過ぎると、華乃子は一度に長い時間を眠るようになった。

先日。まちから、こんな言葉を聞いた。

『次は男の子がいいかな、でも女の子でもいいよね』

その言葉は、昼夜問わず頭の中をぐるぐる回る。

次の子供はまだ早いけど、そろそろ……誘ってみてもいいんだろうか。

思い立ったが吉日。あって困るものではないと自分に言い聞かせて、仕事帰りにドラッグストアへ寄る。

まず足が向くのは、ベビー用品売り場。新商品をチェックしつつ、試してみたいものや足りないものをカゴに入れていく。

ベビー綿棒と麦茶。華乃子の頬っぺたが乾燥しないように、なくなりかけだった保湿クリーム。あと、目新しいタイプの赤ん坊の鼻水を吸うグッズを手に取ったけれど、すでに家にふたつあるので棚に戻した。それから製パンコーナーで、まちの好きなチーズ蒸しパンと朝食用の食パンを選ぶ。

いよいよ、衛生用品売り場へ。いつかのコンビニよりも、ずらりと数多くコンドームの箱が並ぶ。見比べてみると、薄さ、香り、形も多種多様にあったけれど、よくわからないのでその中でも普通に見えるものを一箱カゴに入れた。

家に着いたのは、二十時を回ってからだ。

ガレージに車を停めて歩く。玄関に入り「ただいま」と声をかけると、まちが「おかえり」とパタパタ小走りで出迎えてくれた。

「買い物してきてくれたの？」

「うん。あのさ、まち、今日は体調はどう？」

「体調？　いい感じだよ、すっかり体力も戻ってきたみたい」

まちはおどけて、細腕に力こぶを作る。

「まち、あのね」

「なあに？」

勇気を出せ、頑張れ俺、いま言わないでいつ言うんだ！

「あ、あの、今晩華乃子が寝て……まちの体が大丈夫なら……しませんか？」

買い物をした商品が詰められたエコバッグを広げて、コンドームの箱を見せる。

敬語になってしまったけれど、そのくらい真摯に誘った。

エコバッグの中身を覗き込んだまちは、ぽかんとしている。

そうして、みるみる赤面したあとで両手で自分の顔を覆ってしまった。

「えっ、嫌だったか！　ごめん、まだ無理だったよな」

「ち、違うの。嬉しくて……そういうのずっと、旺太郎に避けられてると思ってたから……！」

まちは、いやいやして自分の顔を見せてくれない。俺が勝手に心配していたことが、逆にまちを不安にさせてしまっていた。

「変なこと言っちゃって恥ずかしい、ごめん……」

「謝るのは俺のほうだ、臆病になり過ぎてたんだ。まちの体になにかあったらと考えたら、抱きたいって言えなくて」

再度、ごめんと謝る。まちは自分の顔を覆っていた手を下ろして、また赤くなった顔を見せてくれた。

涙で濡れたまつ毛がキラキラ光って、それが『旺太郎のバカ』と言っているようで切なくなる。

「……私、出産して体型も少し変わったし、前とは違ってるからがっかりさせちゃうかも」

「がっかりなんてする訳ない。変わったのなら全部見たいし、全部愛する。俺の子供を産んでくれた体なんだ、ますます好きになる」

まちの手を取り、その甲に唇を寄せる。

「俺は、まちだけの男だよ。まちしか知らない、まちしか愛せない」

「……当たり前でしょ。浮気なんてしたら、一生監禁しちゃうから。旺太郎は、私だけの旦那さんなんだからね」

浮気なんて絶対にしない。けど、まちになら監禁されたい。

一生なんて、魅力的過ぎる。


真夜中0時を過ぎて、華乃子はやっと眠りについた。

両親のそわそわとした雰囲気を察したのか、今夜はなかなか寝付いてくれなかった。それでもゆっくりと風呂に入れられ、おっぱいをもらったあと。少しぐずったが、眠ってくれた。

寝室の間接照明のぼんやりとした光が、まちの白い頬を柔らかく照らす。

キングサイズのベッドの上、その頬を撫でながらまちの唇を一度、二度と軽く食む。そのたびに俺の下で、まろやかな体がぴくりと跳ねた。

「……ん……んっ」

まちがこぼす甘い声に、脳天が痺れる。

セックスはしなくても、キスは毎日していた。

好きだよ、愛してる、いつもありがとう。そういった気持ちのもの。

いましているセックスを前提としたキスは久しぶり過ぎて、目眩がしそうに刺激的だ。がっつき過ぎないように気を引きしめないと、性急に求めてしまいそうだ。ゆっくり、じっくり、慎重に大切に進めないと。

ふにふにと食んだ唇の隙間から、そうっと舌を差し込む。

まちはぴくっと大きく反応してから、おずおずとさらに舌を受け入れてくれるように小さく口を開いた。いい子、と指で髪をすき、頭を撫でる。

綺麗に収まった歯列の裏をじっくり舐め上げると、くぐもった嬌声《きょうせい》が口の中で生まれては消える。まちの舌に自分の舌を絡めて、じわりとわく唾液をすすった。

「ん……ぁっ！」

「……もっと口開けて。奥まで入りたい」

つるつるで硬い歯、柔らかな舌、俺の舌でいっぱいになる小さな口。

そのうちに、俺の舌を追いかけて絡められたまちの熱く可愛い舌。

口内の熱い粘膜の中、お互いの舌を浅く、深く絡ませるだけで、ずくりと腰の辺りが重く気だるくなってくる。

キスだけで正直、もうアレは臨戦態勢に入っている。じんじんと痛みさえ出るほどで、まちが身じろぐたびに、足が軽くあたるだけで暴発しそうだ。

唇を離すと、まちは深く潜った水面から顔を出したように、深く息を吸った。

まちの髪が、白いシーツに広がり乱れる。

ものすごく、そそられる。腹の底からぞくぞくする。

そのまま細い首筋の匂いを吸い込み、舐め上げて、耳たぶを甘噛みする。

「あんっ、だめ、耳は弱いからっ」

逃げるように身をよじるのを軽く押さえて、今度は耳たぶをしゃぶる。

「ほんとにっ、だめ、なんだって……んんっ」

まちは自分の声を抑えるために、唇を噛む。

「まち、唇は噛まないで……こっち噛んでいいから」

俺の人差し指と中指の二本を、まちの狭い口内に差し込む。

もう一度耳たぶを噛むと、まちは俺の指を噛むまいと舌で押し出そうとする。

熱い体温を持った柔らかいものが、神経の集まる指を這う。

「……耳の形まで可愛い……なんかもう、全部可愛い……」

耳の軟骨のカーブに沿って舌をべろりと這わせると、たまらないとばかりに今度は指を噛まれた。

パジャマのボタンを外していくと、ここで一度ストップがかかった。

「……気分悪くなった？　ごめん……調子に乗り過ぎた」

外し始めたボタンを、そっとひとつずつ留める。

やっぱり、がっつき過ぎてしまったんだ。

「次は、もっと余裕を持てるように頑張るから……痛いところとかないか？」

するとまちは体を起こして、「違うの」とボタンを留める俺の手を止めた。

「……汚しちゃうから」

俺の手に自分の手を重ねたまちが、消えそうな声で訴える。

「汚す？」

「だから……あの、ブラジャー外しちゃったら……母乳でシーツやベッドを濡らしちゃうかもしれなくて……」

そう言うと、パジャマの合わせを俺の手ごと、ぐっと掴んだ。

母親になった女性の体は神秘的だ。自分の意思とは関係なく、産んだ子供のために母乳を体が作る。

華乃子と風呂に入り、湯船の中でおっぱいを吸われると母乳があふれてしまうと言っていた。

泣き声にも反応するし、なんでもないときにも母乳を吸収するパッドを挟んでおかなければ、ブラジャーを濡らしてしまうという。

眠りも浅く、赤ん坊の変化にすぐに気づき抱き上げる。

産み育てるということを優先する、そういう体に作り変えられている。

「旺太郎と、したくないとかじゃないの。私も……ずっと旺太郎の全部が欲しかったし触って欲しかった。なのに、どうしても……気になっちゃって」

そんなデリケートな体に、無理をさせるつもりは毛頭なかった。

「ありがとう、言ってくれて。今日は付けたままでしよう。もちろん、強く触ったりしないから。まちが少しでも嫌なら、手も触れないし、やめてもいい」

無理をさせて、俺が一緒にいるのさえ嫌になられたら、とてもじゃないが耐えられない。

「……うん、ありがとう。旺太郎にいっぱいキスしてもらって、ずっと胸がじんじんしてたの。多分、もうあふれちゃってると思う」

別に、母乳で濡れても俺は構わないんだ。まちの白い乳房の先から滴るもので、シーツやベッドが汚れるなんてまったく思わない。

気になるなら俺がシーツを替えるし、ホットタオルでまちの体を清めるのだって喜んでする。

けれど。まちは、いまそれを望んではいないから。

「パッド、交換するか？　持ってくるよ」

「ううん。大丈夫、華乃子におっぱいあげたあとに付けたのだから、朝までは平気だと思う」

それより、とまちがにっこり笑う。

「途中で止めちゃってごめんね……続き、しよ？」

俺のパジャマのボタンをひとつ外して、胸元に顔を近づけた。

「……私、この匂い好きだな。早く旺太郎に、ぎゅってしてもらいたくなる」

腕を伸ばし、ゆっくりとまちの背中を撫でて、抱き込む。

ベッドが微かに、ギシッと音を立てた。

「俺が企画で意見を出して、採用された香水だからな。自分でも使ってみたくて。まちを想って発言したから、本人に感想が聞けて嬉しいよ」

まちは、腕の中でくすくす笑う。

「私も、協力した甲斐《かい》がありました」

まだ友達関係だった頃の、痺れるような思い出だ。

「……俺も、まちの匂いを嗅ぎたい」

「ふふ、好きなだけどうぞ」

髪、こめかみに、耳の裏。甘くて安心する、好きな匂い。毎日嗅いでいたって足りない。

「まちと結婚できて、匂いを嗅ぐのをやめられるかと思ってたんだ。まちが好きで、でも付き合えなくて……結婚する前はそれで匂いに執着してるのかと思ってて」

だけど、どうやら違っていたようだ。

「……いまも毎日嗅いでくるよね。私はすっかりそれに慣らされちゃったよ」

「だよなぁ、これ、もう立派な性癖だ。まちのブラジャー、実はいまでも欲しいです」

「うーん……家から持ち出さなければ……あと絶対に、華乃子に見られちゃだめだよ？」

ふたりで目を合わせる。

笑いながら、まちがそっと目を閉じた。白い頬は、うっすらとピンクに染まって見える。

「……ずっと、死ぬまで、まちにとらわれて振り回されていたい」

「ふふ、それじゃ、まるで私が悪い女みたいだよ」

綺麗だ。可愛い。

俺の初めてを全て捧げた、俺のまち。俺のお嫁さん。

いつか初めて肌を合わせた夜をふと思い出して、心臓は高鳴り始めた。

華乃子が、「おー」と声を発すると、本当にちっちゃな口が○《オー》の形になるところが見ていて面白い。

伸ばした手が俺の顎にあたる。生えかけた髭があたったのか、嫌なものでも触ったかのように、顔をくにゃりとさせて手を引っ込めた。

「華乃子、聞いてくれる？」

「あ、あう、おー」

俺の表情や口元をじっと見て、返事をしてくれるところが本当にまちに似ている。

明け方、華乃子がふにゃふにゃと言いながら目を覚ましたので、まちより俺が先に起きた。

まちをそのまま寝かせてやりたかったから、華乃子が泣く前にふにゃふにゃ言ってくれて良かった。

オムツを取り替えたあと、手早くミルクを作り飲ませた。

朝の冷えたひやりとした空気が、カーテンをめくった窓から伝わってくる。まだ薄暗いけれど、東の空から新しい朝がこっちを覗いていた。

「華乃子、また新品の一日が始まるぞ。今日の天気はぴかぴかの晴れだ」

華乃子にも外を見せると、黙って大きな目で朝の風景を見ていた。

カーテンを閉めて、華乃子を抱っこしてベッドに腰かける。

マチも、そばに寄せる。

「華乃子、マチ、聞いてくれるか？」

「あ、あう、おー」

「……パパ、うんとママのことが好きみたいだ」

華乃子は、自分の両手の先を、まるで指遊びでもするかのように絡めている。

「あ、おお」

「うん、世界一好きだと思ってたけど、宇宙で一番好きみたい。自分でも驚くくらい
……華乃子もびっくりして、しゃっくりが出ちゃったときがあっただろ？」

華乃子は大きな音を聞いて、驚いてしゃっくりが止まらなくなったことがあった。

「あのときくらい、パパはしゃっくりじゃなくて、心臓がずっとドキドキしてる。きっと死ぬまで、ずっとママに恋するんだ。華乃子のママはすごいなぁ」

「お、お～」

華乃子の口が、〇の字になる。可愛い。

「……ときどきこうやって、パパと華乃子とマチで秘密の話をしような。パパのママへの恋の話を聞いて欲しい」

「お～」

「華乃子、俺とまちの間に生まれてくれて、本当にありがとう。……あれ……？　そこは返事をするところだろ～」

ふふっと、つい漏れてしまったような、まちの笑い声がベッドの中から聞こえるけれど。

聞こえないふりをして、手遊びをまた始めた華乃子の返事を待った。

END

あとがき

初めましての方も、お久しぶりの方も。このたびはこの本を手に取ってくださりありがとうございます。

マーマレード文庫さまでは二冊目になります。木登《きのぼり》です。ご縁があり、またこちらで書かせていただくことができました。ありがたいです。

今回も『策士な御曹司と～』に続き、同じ担当さまにお世話になっています。今作では担当さまと話し合って、匂いフェチっぽいヒーローで冒険をさせてもらいました。

とにかく担当さまの懐が深く面白く、ヒーローの旺太郎は担当さまなしではいまの姿に生まれなかったと思うほどです。『ひとつの作品を作るチーム』と言ってくださったことで、私は自由に好きに愛情を込めて作品を綴り、方向性や加減などを全て担当さまにお任せすることができました。

『とにかく幸せイチャイチャキュンキュンの幸せ絶頂ムードを、ぜひガンガンお願いします！』『宇宙最速読者』『まだまだ生き延びましょう……！』などのパワーワードで、担当さまは私に元気をくれました。

少しだけ癖のあるヒーローですが、予想外の出会いに戸惑いながらもヒロインを大事に愛し見守る、静かに愛情深い内面が書けたと思います。

担当さま、本当にありがとうございました！

カバー絵を南国ばなな先生にお願いできたことも、心から感謝いたします。

本作を書き出した時点でイメージしていた旺太郎やまちそのものを、さらに素敵に描き出してくださいました。

ふたりの表情、指先から滲む色気、華乃子の可愛らしさ、それに全体のカラーバランスも最高で……綺麗でため息が出ます。光のあたり方も……！

薔薇のステンドグラスや華乃子の前髪、まちの襟元、細やかな箇所まで本作に関するモチーフを入れてくださりとても嬉しかったです。

南国先生、ありがとうございます！　家宝にします！

そして、この本を手に取ってくださった読者さま。

少しだけでも笑ったりなごんだりしてもらえていたら、飛び上がるほど嬉しいです。

いろいろある世の中ですが、わずかな時間でも物語の中でドキドキハラハラキュンキュンして楽しんでもらえていますように！

マーマレード文庫

極秘出産するはずが、獣な御曹司に激しく愛され離してもらえません

2022年6月15日　第1刷発行　定価はカバーに表示してあります

著者　木登　©KINOBORI 2022
発行人　鈴木幸辰
発行所　株式会社ハーパーコリンズ・ジャパン
東京都千代田区大手町1-5-1
電話　03-6269-2883（営業）
0570-008091（読者サービス係）
印刷・製本　中央精版印刷株式会社

Printed in Japan ©K.K. HarperCollins Japan 2022
ISBN-978-4-596-70840-3

m a r m a l a d e b u n k o